어마어마하게
멀리서 온 마음

어마어마하게 멀리서 온 마음

초판 1쇄 펴낸날 2024년 6월 7일

지은이 탁경은
펴낸이 홍지연

편집 홍소연 이태화 김선아 김영은 차소영 서경민
디자인 이정화 박태연 박해연 정든해
마케팅 강점원 최은 신종연 김가영 김동휘
경영지원 정상희 여주현

펴낸곳 (주)우리학교
출판등록 제313-2009-26호(2009년 1월 5일)
제조국 대한민국
주소 04029 서울시 마포구 동교로12안길 8
전화 02-6012-6094
팩스 02-6012-6092
홈페이지 www.woorischool.co.kr
이메일 woorischool@naver.com

ISBN 979-11-6755-275-4 43810

- 책값은 뒤표지에 적혀 있습니다.
- 잘못된 책은 구입한 곳에서 바꾸어 드립니다.
- 이 도서는 2024년도 한국문화예술위원회 아르코문학창작기금 발간 지원 사업에 선정되어 발간되었습니다.

만든 사람들
편집 차소영
디자인 박해연

어마어마하게
멀리서 온 마음
탁경은 장편소설
우리학교

차례

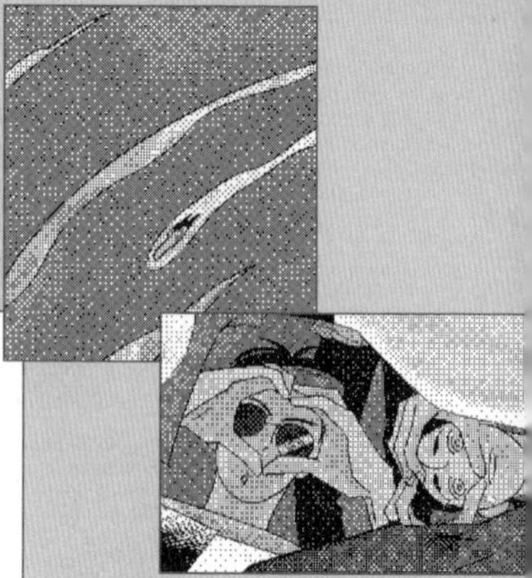

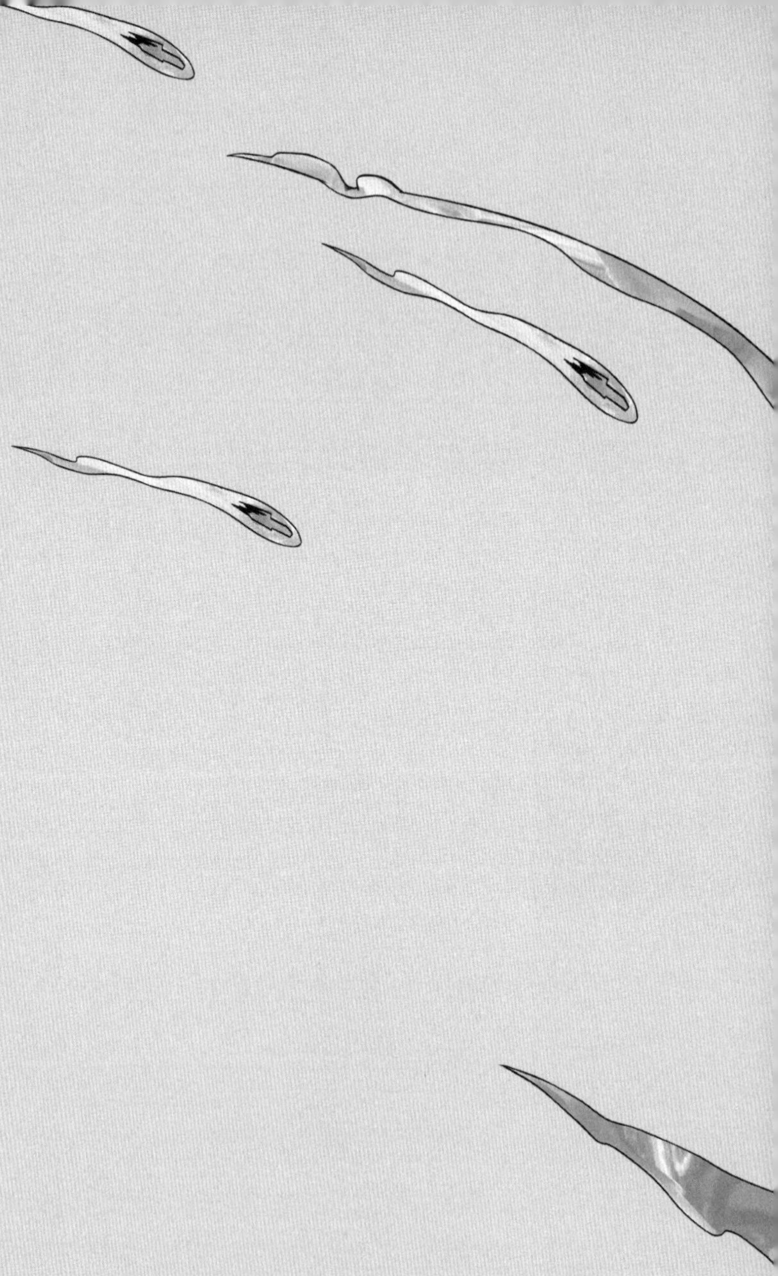

프롤로그

맑은 밤하늘을 가만히 올려다보다가 별똥별이 지나가는 것을 본 적이 있다. 아주 운이 좋은 사람들은 별똥별이 비 오듯 쏟아지는 것을 목격하기도 한다. 칼 세이건은 이러한 유성우를 '하늘이 선사하는 자연의 불꽃놀이'라고 표현했다.

유성은 지구 안으로 들어와 빛을 내며 떨어지는 작은 물체다. 혜성이 남기고 간 부스러기들이 유성이 되기도 한다. 대기권을 돌파할 때 용케 타 버리지 않고 잘 버틴 유성들만이 운석으로 지구에 남는다. 땅에 떨어진 운석 중 그 기원이 혜성인 것들은 반짝반짝 빛나는 작은 다이아몬드 알갱이들을 품고 있기도 하다.

사실 지구로 떨어지는 운석은 대부분 화성과 목성 사이에 있는 소행성대에서 오는 것이다. 소행성은 우주에 떠도는 돌덩어리이고, 그중 일부가 지구에 떨어지면 운석이 된다. 그러므로 운석은 머나먼 세계에서 온 소행성의 한 조각이라는 과학자들의 말은 적확하다.

4월 어느 날, 강원도 양양에 유성우가 쏟아졌다. 강렬한 빛이 사라진 자리에 적지 않은 운석이 남았다. 양양으로 서퍼들 대신 운석 사냥꾼들이 몰려들었다. 운석은 학문적으로 가치가 높아 비싼 값에 거래되기 마련인데, 만약 지구에 존재하지 않는 물질까지 들어 있을 경우에는 말 그대로 부르는 게 값이 된단다.

결혼식을 앞둔 신랑 신부처럼 흰 면장갑을 낀 운석 사냥꾼들이 해변에 몰려들었다. 하지만 누구도 운석을 만질 수도, 들어 올릴 수도 없었다. 운석이 엄청나게 뜨겁고 무거웠기 때문이다. 전례 없는 일이라 기자들이 앞다퉈 취재에 나섰다. 그 덕분에 클릭 한 번으로 사람들은 신묘하기 짝이 없는 운석의 실체를 볼 수 있었다. 바비큐처럼 달아오른 운석들은 시커먼 석탄 같기도 했고 구멍이 숭숭 뚫린 현무암 같기도 했고 반짝반짝 윤이 나는 보석 같기도 했다.

지구가 곧 멸망한다면

4교시는 과학 시간이었다. 평소 과학 수업을 전혀 듣지 않는 고은이지만 오늘따라 고막이 열리고 귀가 트였다. '멸망'이라는 단어 때문이었다.

"이대로 가면 지구는 멸망할 겁니다. 인류가 자초한 결과죠."

샘의 단호한 목소리가 이어졌다. 지구 가열과 환경 파괴로 지구의 평균 온도가 어쩌고저쩌고, 그리하여 멸종된 동식물의 수가 어쩌고저쩌고. 그 뒤로도 수업이 계속되었지만 안타깝게도 샘이 설명하는 내용은 귀에 들어오지 않았다. 고은의 귀에 꽂힌 단어는 딱 하나였다.

바로, 멸망.

"안 돼!"

고은이 벌떡 일어나 외쳤다. 그래프를 가리키며 설명을 이어 나가던 샘이 고개를 돌렸고 반 애들은 일제히 고은을 바라봤다. 이 상황을 좀 창피하게 생각하는 것이 맞을 텐데 고은은 당당하기 그지없다. 쫄지도, 주눅 들지도 않은 얼굴로 고은이 질문을 던졌다.

"샘, 우리 진짜 멸망해요?"

고은의 진지한 눈빛과 심각한 목소리에 몇몇 애들이 웃음을 터뜨렸지만 역시나 고은은 전혀 흔들리지 않았다. 비웃으려면 마음껏 비웃어라. 난 지금 진짜 진지하니까.

"지구가 멸망하기 전에 고은이한테 허락이라도 받아야 하는 건가?"

샘이 던진 농담에 고은의 앞자리에 앉은 애가 까르르 웃었다. 짝 유림이 고은의 교복 상의를 잡아당겼다. 이쯤에서 그만하라는 신호였다. 하지만 여기서 그만둘 수는 없다. 이고은 사전에 포기란 없다.

"그래도 시간이 있는 거죠? 지구 온도가 막 올랐다고 해도 멸망이나 인류 멸종은 30년, 아니, 50년 후의 일이죠?"

과학 샘이 인자한 미소를 지으며 고은이 있는 자리로 걸어왔다. 고은은 샘의 백만 불짜리 미소가 마음에 딱 들었다. 사진을 찍어 두고 싶을 만큼.

"인류가 언제 멸종할지는 아무도 모르는 일이지. 소행성이 충돌하거나 3차 세계 대전이 터져서 당장 다음 달이나 내년에 죽을 수도 있는 거니까. 공룡들도 자기들이 그렇게 빨리 멸종할 줄은 몰랐을 거야."

수업 흐름을 끊었다고 혼을 낼 수도 있었을 텐데 샘은 그러지 않았다. 오히려 고은의 질문에 정성껏 답해 주며 온화한 미소까지 날렸다. 고은은 과학 샘에게 플러스 100점을 준다. 뭐, 특별한 일은 아니다. 고은의 마음속 점수 판에 마이너스는 애초에 존재하지 않으니까.

수업이 끝날 때까지 고은은 고민을 거듭했다. 언제 지구가 멸망할지 알 수 없다니. 그렇다면 남은 시간이 많지 않을 수 있다는 뜻이다. 이대로 손 놓고 있을 수 없다. 더는 지체할 수 없다. 인류가 멸종하기 전에 반드시 해야 하는 일이 있으니까.

그건 바로 결혼이다.

세상에는 두 부류의 사람이 있다. 어떤 사람들은 혼자 있는 것을 좋아한다. 사람을 만나면 피곤해한다. 약속이 끝나면 반드시 혼자만의 시간을 보내면서 에너지를 충전해야 한다. 반대편에는 혼자 있는 것을 엄청 싫어하는 사람들이 있다. 그들은 사람을 통해 에너지를 충전한다. 사람과의 관계를 통해 자신을 발견하고 인생을 풍성하게 만든다.

고은은 후자였다. 어렸을 때부터 사람을 좋아했고 지금도 그러하다. 고은의 마음속에는 사랑이 넘친다. 마음에 드는 사람이 너무 많다.

새 학기가 시작되면 고은은 담임 샘의 장점을 단번에 발견한다. 자신과 가까운 자리에 앉은 아이들과 빠르게 친해진다. 늘 그랬듯이 흥미로운 아이들이 넘쳐 난다. 그 애들에게 풀로 충전돼 있는 매력을 어필하는 과정은 진심으로 즐겁다. 새로운 학년이 시작되면서 반과 아이들이 바뀌는 것이 좋다. 고은은 유림을 처음 만난 날을 기억한다. 두꺼운 책을 무표정한 얼굴로 읽는 쿨함과 뭔가 있어 보이는 분위기에 고은은 매료되었다.

한번은 독서 활동의 일환으로 작가의 강연을 들은 적이 있다. 단체 사진을 찍는 타이밍을 놓치지 않고 고은은 작가 옆에 딱 붙어 섰다. 사진을 다 찍은 뒤 감사합니다, 라고 말하는 작가 앞으로 은근슬쩍 다가갔다. 고은은 잠시도 머뭇거리지 않고 작가를 덥석 안아 버렸다. 정말이지 세상에는 폭 안아 주고 싶은 사람이 끝이 없다.

그런데 뭐라고? 이렇게 아름답고 매력적인 인간이 멸종할 수도 있다고? 지구가 하루아침에 멸망할 수도 있다고? 안 돼!

고은은 세차게 고개를 저었다. 나는 그 전에 가슴이 타들어 갈 것 같은 사랑을 해야 해. 사랑하는 남자와 결혼을 해야 해.

비장한 각오를 품고 고은은 중대한 프로젝트에 착수했다. 이름하야 '이고은 결혼 대작전.' 기필코 한 달 안에 사랑하는 남자를 찾아내고야 말겠다. 그 사람과 서약서를 쓰는 것도 잊지 말아야 한다. 당연히 고등학교를 졸업하자마자 결혼식을 올리겠다는 서약서다. 아주 멋진 예식장에서 끝내주게 아름다운 웨딩드레스를 입을 테다. 몰디브나 발리나 이탈리아로 신혼여행을 떠나야지. 그렇게만 된다면 지구가 멸망해도 덜 억울할 것 같다.

자, 그럼 이제 본격적으로 남자를 찾아 볼까?

모든 계절을 다 좋아해

그즈음 봄이는 어떤 빛에 대해 알게 되었다. 그 빛은 강렬하고 따뜻했다. 충만하고 부드러웠다. 그것은 세상의 모든 것을, 무엇보다도 봄이의 몸과 마음을 감싸 안았다.

그 빛이 어디에서 오는지 봄이는 정확히 알고 있었다. 자신의 내부였다. 그 빛이 언제부터 시작되었는지도 정확히 알았다. 바로 남자친구를 만난 이후였다.

봄이는 스스로를 개성이 없는 평범한 사람이라고 생각했다. 특별히 잘하는 것도, 못하는 것도 없는 사람. 많은 사람들 사이에 섞여 있으면 존재감이 없는 사람. 반에 있으나 마나 한 사람. 그게 못마땅한 건 아닌데 가끔은 좀 서글펐다. 왜 나는 특별하지 않을까. 왜 이렇게 특색이 없을까.

물론 봄이에게도 취미나 좋아하는 것이 있었다. 봄이는 아이들을 좋아했다. 봉사 활동도. 언젠가 어린이집이나 유치원에서 봉사 활동을 꼭 해 보고 싶다. 그런데 아이들은 대부분의 사람들이 좋아하지 않나? 그런 생각에 닿으면 봄이는 자신이 좋아하는 것마저 너무 평범하다는 사실에 묘한 까마득함을 느꼈다.

스스로가 너무 평범해서, 우주에 무수히 많은 별 중 하나인 것만 같아서, 이렇게 특색 없이 살다가는 자존감이 별똥별처럼 와르르 쏟아질 것만 같아서 봄이는 카페 아르바이트를 시작했다. 공부를 잘하지도, 좋아하지도 않으면 사회 경험이라도 일찍 쌓아 둬야 할 것 같았다.

평일에는 시간을 내기 어려워 주말에만 아르바이트를 했다. 재료 소분을 어느 정도 끝내고 봄이는 자몽청을 푼 물에 얼음을 넣었다. 시원하게 목을 축이는데 딸랑, 하고 종소리가 울렸다. 봄이는 입안에 있는 음료를 얼른 넘긴 뒤 "어서 오세요."라고 외치며 입구 쪽을 바라봤다. 남자가 카운터로 성큼성큼 다가왔다.

"이 집 샌드위치가 그렇게 맛있다면서요?"

남자가 생글생글 웃으며 물었다. 남자의 목소리는 좀 느끼했다.

"사장님이 개발하신 특제 소스를 바르거든요."

남자가 기다란 팔을 봄이 쪽으로 쑥 내밀었다.

"샌드위치 하나랑 아메리카노 한 잔요."

남자의 손에 들린 핸드폰을 힐끗 본 봄이가 대꾸했다.

"아이스로 드릴까요?"

"당연하죠. 아, 팔 떨어지겠네. 얼른 결제하시죠."

웃음을 참으려고 끅끅대는 봄이의 눈과 남자의 눈이 딱 마주쳤다.

"손님, 지금 행사 기간이라 커피 주문하시면 샌드위치를 무료로 드려요."

"와, 대박. 내가 이런 운 하나는 죽인다니까."

남자의 마지막 말에 봄이는 항복하고 말았다. 더는 웃음을 참을 수 없었다.

"푸하하."

웃음을 터뜨리고 나니 속이 다 후련했다. 신기한 일이었다. 봄이는 한 번도 크게 웃어 본 적이 없었는데, 준기를 만난 후로는 종종 이렇게 웃음을 터뜨렸다. 그리고 깨달았다. 통쾌하게 웃어 버리면 마음속에 담아 두었던 오래되고 묵직한 짐들이 꽤 가벼워진다는 것을.

"또 사 주려고?"

준기의 목소리가 부드럽게 울렸다.

"오늘이 마지막이야."

봄이는 새침하게 눈을 흘기다 배시시 미소를 흘렸다.

"여친 잘 만나서 나 대머리 되겠어."

봄이가 커피 값만 결제하자 멋쩍은 듯 코를 문지르던 준기는 창가 쪽 테이블에 가 앉았다. 그 모습을 힐끗 본 봄이는 능숙한 손길로 샌드위치를 만들기 시작했다. 일단 빵부터 데우고 베이컨을 바삭하게 구웠다. 냉장고에서 사장님의 특제 소스를 꺼낸 다음 얼른 커피를 내렸다.

봄이는 요즘 좋아하는 것이 또 하나 생겼다. 바로 이 순간이다. 봄이가 세상에서 엄마 다음으로 좋아하는 사람인 남자친구가 자신을 보기 위해 카페에 찾아오는 순간. 봄이가 분주히 샌드위치와 커피를 준비하는 동안 준기는 콧노래를 부르며 핸드폰을 만지작거린다. 빵 굽는 냄새와 베이컨 냄새가 공기를 채우고, 그걸 밀어내려는 듯 진한 커피 향이 흘러든다.

"커피와 샌드위치 나왔습니다."

준기는 여느 때와 같이 쟁반을 가지고 가기 전에 잠깐 머뭇거린다.

"손님도 없는데 잠깐만 나와."

아이처럼 칭얼대는 모습이 귀여워 봄이는 마지못한 척 앞치마 끈을 푼다. 손님이 밀려들기 전에 몇 분이라도 좋으니 이야기를 나누고 싶었는데 준기는 그 마음을 어떻게 알았을까. 아무래도 준기와 자신 사이에는 우주적인 텔레파시가 통하는 모양이다.

봄이는 준기가 앉아 있는 창가 자리로 다가섰다. 바야흐로 봄이었다. 창밖으로 흐드러지게 핀 벚꽃이 보였다. 준기는 샌드위치를 야무지게 베어 물다가 봄이를 바라봤다.

"봄아, 넌 봄을 가장 좋아해?"

봄이는 평소와 달리 잠시도 머뭇거리지 않고 대답했다.

"아니. 난 모든 계절이 다 좋아."

"그래?"

봄이는 자신이 만든 샌드위치를 맛있게 먹는 준기를 보며 술술 말했다.

"여름에는 아이스크림을 먹을 수 있어서, 가을은 단풍이 멋져서, 겨울은 추운 맛이 있어서 좋아."

말을 마치면서 봄이는 온몸이 따뜻해지는 것을 느꼈다. 내부에서 타오르는 빛 때문이었다. 자신이 모든 계절을 좋아한다는 사실을 처음 알았다. 이름이 '봄'이라서 그런지 사람들은 봄이가 당연히 봄을 가장 좋아할 거라고 생각했다. 어떤 계절을 좋아하는지 잘 물어보지도 않았다.

"봄아, 양양에 떨어진 운석 이야기 들었어?"

"응, 듣긴 했는데 자세히는 몰라."

"우리 그거 보러 갈래?"

"양양까지?"

그새 샌드위치를 다 먹은 준기가 커피 잔을 입에 댔다. 봄이는 커피를 마시느라 꿀렁이는 준기의 목울대를 물끄러미 바라보았다.

"가서 바다도 보고, 운석도 가지고 와서 완전 비싸게 팔자."

"그거, 많이 뜨겁다며."

"방법이 있겠지."

봄이는 양양을 다녀오는 데 필요한 경비와 아르바이트로 모은 돈을 저울질하고 있는 자신을 발견했다. 차비, 식비, 또 뭐가 필요할까. 양양까지 가는 버스비가 얼마지. 준기가 커피를 좋아하니까 커피도 마셔야겠지. 사랑하는 사람의 여행을 가자는 제안에 돈 계산부터 하는 자신이 마음에 들지 않아 봄이는 가볍게 도리질했다.

"그러자."

어디든 좋아. 너와 함께라면. 커피 잔을 얌전히 내려놓은 준기가 손을 내밀어 봄이의 오른손을 잡았다. 곧 카페 문에 달린 종이 울리면서 손님이 들어왔고 준기는 재빨리 손을 뗐다. 봄이는 아쉬움이 가득 묻은 얼굴로 다시 앞치마를 맸지만, 손에 준기의 온기가 아직 남아 있었다.

갭이어 버킷리스트

국어 시간에 읽은 소설에 '갭이어'라는 단어가 나왔다. 대학 진학을 앞둔 이들이 일을 하거나 여행을 하면서 진로를 탐색하는 시기를 뜻한다고 했다. 선생님은 독후 활동으로 갭이어 버킷리스트 열 가지를 채워 보라고 했다.

1) 결혼

2) 프랑스와 이탈리아 가 보기

3) 방울토마토 키워서 먹기

고은은 거침없이 리스트를 채워 나갔다. 금세 열 가지를 채

우는 고은을 짝 유림은 신기해했다. 유림은 고민을 거듭하고 머리를 쥐어짰지만 결국 마지막 두 개를 채우지 못했다. 고은은 유림의 버킷리스트를 슬쩍 훔쳐봤다.

1) 우주에 가 보기
2) 은하수 보러 가기

맞다. 얘가 우주에 관심이 많다고 했지. 만약 지구가 멸망한다면 다른 행성으로 이주해 사는 것도 나쁘지 않겠지. 유림이랑 더 친하게 지내 둬야겠다는 생각이 고은의 머릿속에 스쳐 지나갔다.

"당장 방울토마토 사러 가야쥐~"

영어 학원에 가기 전 잠깐 짬이 있었다. 귀찮다는 유림이를 꼬셔서 동네 꽃집에 갔다. 끝내주게 맛있는 떡순김 세트를 사 주기로 했다. 아름다운 꽃들과 이름 모를 허브들이 방긋 웃으며 고은을 맞이했다. 황홀했다. 고은은 허브 화분을 둘러보다가 방울토마토 모종을 발견했다. 반가운 마음에 두 손으로 덥석 잡았는데, 잎사귀에 정체를 알 수 없는 엄청 큰 벌레가 붙어 있었다.

"으악!"

놀란 고은이 비명을 지르며 저도 모르게 모종을 내팽개쳤다. 고은은 나자빠질락 말락 휘청였다. 그 순간, 어떤 손길이 나타나 바닥에 떨어지기 직전인 모종을 낚아챘다. 순식간에 나타난 또 다른 손은 고은의 팔을 잡아 주었다. 덕분에 고은은 균형을 되찾을 수 있었다. 그뿐만이 아니었다. 고은이 똑바로 서자 그 남자애는 자유로워진 손으로 잎사귀에 붙어 있던 벌레를 부드럽게 떼어 냈다. 마치 귀한 존재를 다루듯 두 손가락을 조용히 구부려 벌레를 잡더니 다른 잎사귀 위에 내려놓았다. 세상에. 저 큰 벌레를 손으로 만지다니. 게다가 전혀 무서워하지도 않고 재미없는 영화를 보듯 무표정한 얼굴이라니.

"고맙습니다."

고은이 고개 숙여 인사를 건네자 남자애는 고개를 아주 조금 까닥했다. 그러더니 모종을 고은에게 쑥 내밀었다. 얼결에 모종을 받아 드는데 옆에 서 있던 유림이 고은의 옆구리를 쿡 찔렀다.

"우리랑 같은 학년이야."

유림이 귓가에 속삭였다. 그제야 고은은 남자애가 달고 있는 명찰의 색깔을 확인했다. 키가 커서 같은 학년인 줄 몰랐다. 고은은 온화한 얼굴로 꽃을 구경하는 그 애를 찬찬히 훑어봤다. 조금 마른 듯한 몸에 비해 어깨가 넓었고, 소매를 걷어 올려 드러난 팔뚝은 구릿빛에 단단해 보였다. 몇 반일까? 운동을 좋아하는 아이일까? 어떤 꽃을 보러 온 걸까? 누구를 위해 꽃을 사는 걸까?

학원 수업을 듣는 둥 마는 둥 하고 약속대로 유림이에게 떡순김 세트를 사 줬다. 오늘따라 매운 떡볶이 때문에 유림은 혀를 내밀었다가 쿨피스를 마셨다가 아주 바쁘셨다. 그러거나 말거나 고은의 머릿속은 아까 만난 그 애 생각으로 가득했다.

"이고은, 정신 차려."

"어?"

순대를 소금도 아니고 떡볶이 국물도 아닌 어묵 국물에 찍고 있었다. 민망해진 고은이 배시시 웃으며 순대를 입에 넣자 유림이 혀를 끌끌 찼다.

"얼른 이실직고하시지."

"뭘?"

"완전 얼빠진 이유."

고은은 포크를 내려놓고 유림의 옆으로 자리를 옮겼다. 유림의 빈 컵에 쿨피스를 가득 따라 준 뒤 다정하게 팔짱을 꼈다.

"너, 요즘도 하은이랑 같은 학원 다녀?"

"응, 수학만."

오, 다행이다. 황하은의 별명은 인맥왕이다. 전교생에 대해 모르는 정보가 없을 정도다. 물론 하은에게 직접 부탁할 수도 있지만 이런 일을 제 입으로 말하는 건 좀 민망했다.

"빨리 부시지. 또 누구한테 빠졌는데?"

술이라도 들이켜듯 찌푸린 얼굴로 음료수를 마시는 유림이를 보던 고은은 마음을 굳게 먹었다. 지금 창피함이나 자존심을 따질 때가 아니었다. 기후 위기 시대, 지구 멸망이 언제 앞길을 가로막을지 알 수 없으니까.

"아까 만난 애, 알고 싶어."

그렇게 말하는 동안 고은은 얼굴이 홧홧하게 달아오르는 것을 느꼈다. 이런 설렘, 이런 호기심은 오랜만이었다. 과거를 워낙 잘 잊어버리기에 '오랜만'인 것처럼 느껴지는지도 몰랐지만 하여튼 그랬다.

과연 하은은 고은을 실망시키지 않았다. 하은의 정보력 덕분에 고은은 그 애에 관해 꼭 알아 두어야 하는 기본 정보를 섭렵했다.

그 애의 이름은 정지후. 놀랍게도 지후는 바로 옆 반이었다. 애들 얼굴을 대부분 아는 고은인데도 이제껏 복도나 운동장에서 지후를 본 적이 없었다. 하은이 말에 따르면 지후는 반에서 존재감이 없는 애였다. 그렇다고 따를 당하는 건 아니지만 조용해도 너무 조용해서 친한 애가 없다고 했다.

쉬는 시간, 고은은 친구에게 볼일이 있는 척하며 옆 반에 갔다. 교실 뒤쪽 게시판에 죽 붙어 있는 '갭이어 버킷리스트'에서 지후의 이름을 찾았다. 이거다. 그 애가 어떤 캐릭터인지 단박에 알 수 있는 중요한 단서가 여기에 있을 거다. 지후가 쓴 버킷리스트를 기쁜 마음으로 읽어 내려가던 고은은 아연실색했다.

1) 『파우스트』 다시 읽기

2) 일본어 배우기

3) 이상의 시 「오감도」 도전

정신이 혼미해져서 네 번째부터는 읽을 수가 없었다. 『파우스트』는 뭐고 「오감도」는 또 뭘까. 태어나 처음 듣는 단어들이었다. 총에 맞은 사람처럼 고은은 가슴에 손바닥을 갖다 댔다. 단어 하나하나가 이렇게 선언하는 듯했다. 나는 너와 매우 다르다. 그러니 우리는 친해지기 어려울 것이다.

그런데 참 이상했다. 고은은 풀이 죽기는커녕 도전 의식으로 불타올랐다. 지후를 더 알고 싶었다. 자신과 너무 다른 사람이라서 더 끌리고 매력적으로 느껴졌다.

그러고 보니 그동안 고은은 자신과 비슷한 사람을 주로 만났다. 사람을 좋아하고, 외향적이고, 놀기 좋아하는 애들. 결과는 어땠던가. 좋지 않았다. 고은과 비슷한 성향의 애들은 싫증을 참 빨리 느꼈다(자신도 그런 편이기에 할 말은 없지만).

하여튼 그래서, 두 달도 안 돼 고은이 상대방을 차거나 상대방이 고은을 찼다. 뜨겁게 타올랐다가도 금방 식어 버려 서로를 가차 없이 내뱉었다. 이제 더는 그런 연애를 반복하고 싶지 않았다. 은은해도 좋고 뜨겁지 않아도 좋으니 오래도록 서로를 아껴 주는 연애를 하고 싶었다. 결혼은 정말 그런 사람과

하고 싶었다.

고은은 치열하게 고민했다. 어떻게 해야 지후와 친해질 수 있을까. 어떻게 하면 정지후에게 이고은이라는 사람을 자연스럽게 알릴 수 있을까. 이번에도 하은의 정보력을 이용하는 수밖에 없었다. 하은이 알려 준 바에 따르면 지후는 '다독다독'이라는 독서 토론 동아리 활동에 적극적이었다. 하은의 정확한 워딩은 이러했다.

"좀비 같은 애가 동아리 활동할 때만 펄펄 날아다닌대."

독서 토론 동아리라. 이제까지 고은은 책과 거리가 먼 삶을 살아왔지만 더는 그럴 수 없었다. 지후와 친해지기 위해 고은은 눈물을 머금고 유림이와 동아리를 맞바꾸었다. 원래 고은이 가입한 동아리는 댄스부였다. 춤이라고는 막춤밖에 모르는 유림이와 동아리를 바꾸는 조건으로 소원을 하나 들어주기로 했다. 유림아, 말만 해. 내가 어떤 소원이든 다 들어줄게!

모든 준비는 끝났다. 고은은 '다독다독' 모임 날만을 기다렸다. 지후에게 어떤 말로 어떻게 다가갈지 완벽한 시나리오를 짜서 연습을 거듭했다. 실제로 연애를 하는 것보다 썸을 상상하면서 가상 연애 시나리오를 짜는 일이 훨씬 더 설레고 기분 좋은 일이라는 것을 처음 알았다. 말 그대로 시간이 달콤하게 흘렀다.

만우절이니까

눈이 번쩍 떠졌다. 기다리고 기다리던 그날이 밝았다.

한솔은 머리를 감았다. 평소엔 바르지 않는 수분 크림을 바르고 며칠 전 슬쩍한 아빠 향수도 뿌렸다. 향이 강하긴 했지만 안 뿌리는 것보다는 백배 나았다. 역시나 아빠는 향수가 없어진 줄도 몰랐다. 사 놓고 한 번도 안 뿌릴 때부터 알아봤다.

장난기 가득한 목소리로 말해야 하는데 마음은 자꾸만 비장해졌다. 준비한 말이 제대로 나올지 알 수 없었다. 적당한 장소와 타이밍을 찾을 수 있을까? 서연이 고백을 듣고 곧바로 오케이 해 줄까? 어느 것 하나 분명한 게 없었다. 그렇지만 해야만 한다. 오늘은 1년에 딱 하루뿐인 날이니까. 썸조차 못 타고 모태 솔로로 살고 있는 인간들을 불쌍히 여긴 하늘이 만들어 준 날이니까. 고백하고 거절당해도 괜찮은 날이니까.

한솔은 거절당하는 순간 잽싸게 이렇게 말할 생각이었다.

"크크, 속았지? 만우절인데~ 만우절인데~"

서연은 잠깐 민망해하겠지만 "그렇구나." 하며 배시시 웃고 넘어갈 것이다. 안전벨트를 맨 채 고백할 수 있는 유일한 날을 놓칠 수야 없지. 한솔은 거울 속 자신에게 미소를 지어 보였다. 도망가고 싶은 마음과 맞서 싸울 힘을 내기 위해 입꼬리를 최대한 올려 웃었다.

점심을 후딱 먹고 서연이 반으로 향했다. 복도를 서성이다 서연을 딱 마주치면 우연히 만난 척을 할 생각이었다. 하지만 3분이 흘러도 서연은 보이지 않는다. 5분이 흘러도 그림자조차 얼씬하지 않는다. 그래도 기다린다. 7분, 8분…….

"한솔."

그제야 급식을 먹고 오는지 친구들과 나란히 걸어오는 서연을 마주쳤다. 좋았어! 한솔은 아무렇지 않은 듯 쿨한 표정을 지으며 서연에게 다가갔다.

"잠깐 시간 있어? 물어볼 게 있어서."

서연이 고개를 가볍게 끄덕였다. 마땅한 장소는 한 군데밖에 없었다. 학교 건물 옆에 자리한 작은 정원으로 향했다. 꽃들이 옹기종기 심겨 있는 화단 옆으로 나무 벤치들이 정갈하게 배치된 곳이다. 한솔은 자연스럽게 영어 학원 이야기를 하면서 벤치로 걸어갔다. 그런데! 벤치는 이미 아이들로 바글거렸다. 커플로 보이는 애들이 많았다. 오늘 커플이 되고 싶어 발악하는 애들일 수도 있고.

"애들이 많네. 저리로 가 보자."

운동장이 내려다보이는 스탠드 쪽으로 발길을 돌렸다. 핸드폰으로 시간을 확인했다. 곧 점심시간이 끝난다. 시간이 얼마 남지 않았다.

다행히 스탠드에는 아이들이 없었다. 그늘진 자리에 서연이 앉았고 한솔도 따라 앉았다. 얼마 남지 않은 시간을 탈탈 털어 운동하는 아이들 모습이 눈에 들어왔다. 한솔은 다리를 꼬고 목소리를 최대한 착 깔았다.

"저, 서연아."

서연이 한솔을 가만히 건너다봤다. 한솔의 심장이 대책 없이 뛰었다. 서연의 짙은 갈색 눈동자가 아름다워서 한솔은 자꾸만 작아졌다.

그냥 하지 말자. 지금처럼 친구로 지내는 게 뭐 어때서. 아니, 말해야 해. 몇 달 동안 오늘만 기다렸잖아. 고백에 적당한 말을 수십 번 고르고 고민하고 준비했잖아.

"있지, 저기……."

목소리가 갈라졌다. 입안이 바짝 타들어 갔다.

"흠흠. 저, 널 좋아하게 됐는데……."

잠깐의 침묵이 영원처럼 길게 느껴졌다. 서연이 느리게 눈을 깜박이더니 갑자기 하하, 웃음을 터뜨렸다.

"와, 너까지 장난치는 거야?"

장난 아닌데. 이거 진짜인데.

"하여튼 만우절이라고 다들 웃겨. 오늘 내가 이 말을 몇 번째로 듣는 줄 알아?"

헐, 만우절을 핑계로 서연에게 고백한 인간이 벌써 있다고? 그것도 한 명이 아니라 겁나 많다고? 이제 한솔은 입안이 아니라 심장이 타들어 가는 것 같았다.

"못됐어, 정말. 다른 애들은 몰라도 넌 이런 장난 안 칠 줄 알았는데."

이대로 모든 게 물거품이 되는 것을 바라만 볼 것인가. 한솔의 두 자아가 다시 치열하게 싸웠다.

지금이라도 솔직하게 고백해. 만우절을 핑계로 장난치는 애들과 난 다르다. 내 마음은 진심이다. 큰 소리로 말해! 아냐. 글렀어. 이제 와서 장난이 아니라고 이야기해도 믿지 않을 거야. 그리고 애초부터 만우절이라는 보호막이 필요했던 것도 사실이잖아. 안 그래?

한솔은 자신의 손바닥이 땀으로 흠뻑 젖어 있다는 사실을 알아차렸다.

"아무리 그래도 1초도 안 속냐?"

한솔은 입바람을 후 불어 앞머리를 날렸다. 그 모습을 보며 서연이 다시 까르르 웃었다. 한솔이 좋아해 마지않는 서연의 웃음소리가 이토록 서운하게 들린 적은 처음이었다. 마침 점심시간이 끝났음을 알리는 종소리가 울렸다. 서연이 자리에서 일어나 손으로 치마를 털어 내며 불쑥 말했다.

"그리고 나 좋아하는 애 있어."

"그, 그래?"

한솔은 당황해서 갑자기 말까지 더듬었다. 아까보다 심장이 더 빠르게 뛰었고 머리에서는 땀이 삐질삐질 났다.

"누군데?"

한솔의 마음을 전혀 눈치채지 못한 서연은 아주 평안한 얼굴로 대답했다.

"영어 학원 같이 다니는 애. 너도 곧 보겠네."

아, 젠장, 망할. 서연이 앞에 서 있지 않았다면 욕을 한바탕 쏟아 낼 뻔했다. 서연의 강력 추천으로 곧 같은 영어 학원에 다니기로 했는데 거기에 서연이 좋아하는 새끼가 있다고? 오 마이 갓.

"늦겠다. 뛰자."

서연을 따라 한솔도 뛰었지만 정신은 반쯤 나가 있었다. 지금 내가 왜, 무엇을 위해 달리는지 알고 싶지 않았다. 이대로 지구 밖으로, 안드로메다은하까지 달려서 도망치고 싶었다. 한숨조차 나오지 않았다. 세상이 끝장나는 기분이 이럴까. 이대로 땅이 꺼져 버렸으면 좋겠다.

교실로 돌아온 한솔은 힘없이 자리에 앉았다. 5교시가 끝나고 6교시가 지났다. 그러거나 말거나 책상에 엎드려 꼼짝도 하지 않았다.

"야, 너 어디 아프냐?"

쉬는 시간에 말을 거는 짝 태윤에게 한솔은 손만 까딱 흔들었다. 귀찮게 하지 말라는 뜻이었다. 만사가 다 귀찮았다. 과거로 돌아가고 싶다. 서연을 좋아하기 전으로, 누구도 좋아하지 않는 세계로. 그로 인해 가슴 떨릴 일도, 고백을 할 필요도, 상처받을 일도 없는 곳으로. 그게 힘들다면 서연이 좋아하는 애가 있다는 말을 듣기 전으로라도 돌아가고 싶었다.

"너 그 얘기 들었냐?"

태윤이 또 말을 걸어 왔고 한솔은 짜증이 솟구쳤다.

"주말에 5반 애들 떼거리로 양양 간대."

5반이면 서연이 반인데? 한솔은 상체를 벌떡 일으켰다.

"양양에? 왜?"

"거기 운석 구경하러. 그 운석을 실제로 보면 짝사랑이 이뤄진다나 뭐라나."

"주말 언제? 토요일? 일요일?"

한솔의 머릿속이 바빠졌다. 양양에 가는 무리에 서연이도 끼어 있을까? 그 운석을 보면 진짜 짝사랑이 이루어질까? 그렇다면 서연이 아니라 내가 가야 하는 거 아닌가?

한솔은 주먹을 꽉 쥐었다. 어떻게든 알아내고야 말겠다. 서연이 양양에 가는지, 간다면 토요일과 일요일 중 언제 움직이는지, 어떤 아이들과 함께 가는지, 그 무리에 자연스럽게 합류할 방법이 무엇인지, 만약 서연이 좋아하는 녀석과 함께 움직이는 비상사태가 생긴다면 어떻게 행동할지. 모든 가능성을 열어 두고 다각도로 생각해야 한다. 생각하고 또 생각해야 한다.

사랑에 빠졌나 봐

드디어 동아리 모임이 있는 날이 다가왔다. 고은은 화장실에 들러 옷매무새와 머리 모양, 피부 톤을 점검하는 것을 잊지 않았다. 완벽해. 거울 속 자신을 보자 기분이 좋아졌다. 고은은 도서실에 일찍 가 책장 사이를 기웃거렸다. 그러면서 도서실에 차례로 들어오는 아이들을 흘끔거리는 것을 잊지 않았다.

지후가 들어왔다. 가운데 자리에 조용히 앉는 지후를 보며 고은은 빠르게 움직였다. 지후 옆에 누가 앉기 전에 잽싸게 자리를 차지했다. 앉자마자 책을 읽느라 바빠 보이는 지후에게 먼저 말을 걸었다.

"안녕. 난 2반 이고은이야. 이번 달부터 독서 토론부 활동해."

책에서 천천히 눈길을 뗀 지후가 고은을 아주 잠깐 쳐다보았다.

"난 3반 정지후."

고은은 동아리 담당 샘이 들어오시기 전에 준비해 온 멘트를 날려야 하므로 시간이 없었다. 그사이 지후는 다시 책을 내려다봤고 고은은 손부채질을 몇 번 하다가 자연스럽게 지후가 읽고 있는 책을 보는 척했다.

"뭐 읽고 있어?"

지후는 어색한 미소를 지으며 고은과 책을 번갈아 봤다. 대답을 할까 말까 잠깐 망설이는 듯하더니 진지한 목소리로 입을 뗐다. 자신이 읽고 있는 책에 대해서 누군가 물어봐 주기를 오랫동안 기다려 온 사람 같았다.

"무라카미 하루키 소설."

"아하."

하은이에게 들어 이미 알고 있던 사실이지만 고은은 처음 듣는 것처럼 반응했다.

"일본 소설 좋아하나 봐? 혹시 일본어 배울 생각 있니?"

꽤 자연스러웠어! 고은은 멘트를 던진 타이밍에 흡족해하며 활짝 미소를 지었다. 이렇게 웃으면 눈가에 주름이 잡히는데 그게 귀엽다는 말을 예전 남친들한테서 종종 들었다.

"응. 너도 일본어에 관심 있어?"

지후가 처음 던진 질문에 고은은 뛸 듯이 기뻤다. 하지만 티를 내면 안 된다. 고은은 아주 가볍게 고개를 한 번 끄덕였다. 이때 고개를 많이 끄덕이거나 깊게 끄덕이면 안 된다. 관심이 있지만 아주 안달 난 상태는 아니라는 것을 여유로운 몸짓으로 전달해야 하니까.

"사촌 오빠가 일문과 다니는데 일본어 배우고 싶으면 공짜로 가르쳐 주겠다고 하더라고."

"부럽다."

지후가 한층 작아진 목소리로 말했다. 어쩐지 자신은 절대 그런 기회를 가질 수 없다는 듯 풀이 죽은 얼굴이었다.

"같이 배울래?"

지후의 눈동자가 커졌다. 자신에게 다가온 낯선 행운이 믿기지 않는지 얼떨떨한 얼굴이었다.

"이번 주 일요일 어때?"

지후는 버퍼링이 걸린 사람처럼 어색하게 고개를 끄덕였다. 그 모습이 귀여워서 고은은 또 가슴이 설렜다.

일요일 오후 2시 글빛마루 도서관 1층. 고은은 준비해 둔 종이에 글씨를 반듯하게 써서 내밀었고, 지후는 그걸 곱게 한 번 접어 책 사이에 끼워 넣었다. 이어 타이밍을 맞추기라도 한 듯 독서 토론부 샘이 들어왔다.

오늘 토론할 책은 프란츠 카프카의 『변신』이었다. 초반부터 주인공을 다짜고짜 벌레로 만들어 버리는 소설이었다. 침대에 누워 버둥거리는 벌레라니. 사람 크기만 한 벌레를 상상하다가 속이 울렁거려 고은은 책을 홱 던져 버리고 싶었지만 옆에 지후가 있어 참았다. 어쨌거나 역겹고 흉측하고 이상한 이야기였다.

"본격적으로 토론하기 전에 감상부터 가볍게 말해 볼까?"

샘이 질문을 던졌지만 아무도 입을 열지 않았다. 그럼 그렇지. 애들도 소름 끼치도록 싫었겠지. 이렇게 이상한 소설을 끝까지 읽은 애는 없을 거야……라고 생각하고 있는데 지후가 손을 들었다.

"그래, 정지후."

찬물을 끼얹은 듯 냉랭한 분위기를 깨고 지후가 입을 열었다.

"저는 이 소설을 다 읽고 가슴이 좀 아팠어요. 벌레로 변한 뒤에 주인공은 가족들에게 버림받잖아요. 갑자기 벌레가 된 것도 억울한데 사랑하는 사람들한테 버림까지 받다니. 벌레로 변해 더는 돈을 벌지 못하니 쓸모가 없어서 버림을 받는 걸로 느껴져서 씁쓸했습니다."

그렇구나. 주인공이 벌레로 변한 뒤에 가족들로부터 버림을 받는구나. 신기한 일이었다. 분명 소름 돋을 정도로 역하다고 생각했던 소설인데, 지후가 감상을 이야기하자 마음이 스르륵 열렸다.

"오, 샘이 오늘 토론하려는 주제를 이야기하다니. 이번에도 지후가 소설을 꽤나 깊이 읽었구나."

샘의 칭찬에도 지후는 전혀 우쭐대지 않았다. 끝까지 읽지는 못했지만 어쨌든 같은 소설을 읽었는데 이토록 다른 감상을 말하는 정지후. 샘이 칭찬할 만큼 깊이 있는 생각을 하는 정지후. 그런 칭찬을 받고도 차분한 정지후.

자신이었다면 분명 으쓱대고 의기양양할 상황에도 조용히 앉아 있는 지후의 침착함과 차분함이 부러웠다. 지후와 약속을 한 것도 뿌듯한데 지후의 진짜 멋짐이 폭발하는 장면을 바로 옆에서 목격하다니.

나 어떡해. 정말 사랑에 빠졌나 봐.

고유하고 특유하고 독특한

유림이 우주에 관심이 많다는 사실을 아는 사람은 단 한 명도 없었다.

초등학교에 입학하기 전 엄마와 아빠가 이혼했다. 유림은 할머니에게 떠넘겨졌다. 엄마 아빠에게 나라는 존재는 무엇이었을까. 자신이 짐짝처럼 느껴졌다. 부모의 이혼은 그때껏 유림이 믿어 온 세계가 붕괴되는 일이었고, 유림은 언제든 또 버려질 수 있다는 공포에 질렸다.

그럴 때마다 유림은 밤하늘을 바라보았다. 창문을 열고 하늘을 올려다보면 희고 밝은 별이 보였다. 유난히 밝고 반짝이는 별이었는데 한결같이 같은 자리에 있어 주었다. 그 빛이 얼마나 환하고 맑은지 마치 유림에게 말을 걸어 오는 것만 같았다. '너도 외롭니? 나도 그래.'라고. 그 별이 금성이라는 사실을 알게 된 건 나중의 일이다.

어두운 하늘에서 반짝이는 별들은 유림의 외로움과 두려움을 달래 주었다. 유림은 별이 좋았고 별에 대해 알고 싶었다. 별에 대해 공부하자 태양에 대해 알고 싶었고, 태양에 대해 공부하자 은하계를 알고 싶었다. 앎의 세계는 끝이 없었다.

그러던 중 유림은 어떤 작가가 남긴 말에 완전히 매료되었다.

'모든 문제의 답은 결국 시작점을 찾는 것이다.'

알고 싶었다. 자신의 기원을. 인류의 기원을. 더 나아가 우주의 기원을.

유림은 자신의 시작점에 대해 생각했다. 자신의 시작점은 부모였다. 그런데 지금 부모는 공중분해되었다. 더는 자신의 시작점이 아니었다. 더 원초적인 시작점이 필요했다. 점점 더 거슬러 올라가다가 빅뱅을 알게 되었다. 빅뱅에 대해 공부하다가 스티븐 호킹 박사를 알게 되었고, 조금 후에는 아인슈타인을 사랑하게 되었다. 그리고 마샤 리케 교수를 알게 되었다.

어릴 때부터 우주에 관심이 많았던 마샤 리케는 중학생 때 천체 망원경을 사기 위해 아르바이트를 했다(유림은 바로 여기서 친근감을 느꼈다). 그는 우주 비행사가 되기 위해 MIT 항공공학과에 진학했지만 이후 물리학으로 방향을 틀어, 제임스 웹 연구팀에 들어갔다. 거기서 그는 제임스 웹 우주 망원경(현존하는 최고의 우주 망원경이다!)의 핵심 장비인 근적외선 카메라를 개발했다.

'사람은 자신이 사랑하는 일을 해야 한다. 그 열정을 찾아내 끝까지 도전하라.'

멋지다. 끝까지 도전하라는 마샤 리케의 말을 가슴에 되새기며 유림은 용돈을 조금씩 모았다. 마샤 리케처럼 망원경을 사기 위해서였다.

"고유림, 나 너 때문에 '고유하다'라는 단어가 좋아졌어."

중학생이 되고 처음 맞이하는 봄에 고은이 유림에게 한 말을 생생히 기억하고 있다. 유림은 모든 것이 두려웠다. 중학교 첫 학년이었고 교실과 아이들은 낯설었다. 그때 옆자리에 고은이 앉지 않았더라면 유림의 중학교 시절은 블랙홀이 되었을 것이다. 모든 것이 빨려 들어가는, 거대하고 어두컴컴한 블랙홀 말이다.

아주 오래도록 외로웠던 유림 앞에 고은은 혜성처럼 나타났다. 고은은 유림의 인생에 말 그대로 돌진했다. 놀랍도록 긍정적이고 에너지 넘치는 이 아이는 자신의 존재로 인해 일어날 충돌이나 붕괴를 두려워하지 않았다. 그런 점이 유림은 신기하고 부러웠다.

혜성은 지구에 생명을 가져다 준 존재이자 생명을 앗아갈 수도 있는 위협적인 존재다. 사람들은 지구와 혜성의 충돌을 두려워하지만, 얼음과 먼지로 이루어진 혜성은 지구와 충돌할 때 생명체에게 가장 필요한 물을 공급했다. 진실은 이렇듯 빛과 어둠을 동시에 안고 있다.

별과 태양과 달과 대기와 빛과 우주가 있었기에 유림은 외롭지 않았다. 아무리 무섭고 외로운 순간에도 하늘을 올려다보면 금성이 늘 그 자리에 있었으니까. 하지만 정말 외롭지 않았던 걸까. 외롭다는 사실을 인정하고 싶지 않아 우주라는 세계로 도망을 간 것은 아니었을까.

어떤 별빛은 1년, 어떤 별빛은 100만 년 전에 출발한 것이다. 멀리서 온 것일수록 더 먼 과거의 모습을 가지고 있겠지. 우주를 알면 알수록 진실은 모래에 파고들어 몸을 숨기는 꽃게처럼 모습을 감추는 것만 같다. 아니면 유림에게 아직 진실을 들여다볼 용기가 없는 건지도 모르겠다.

"대박! 이거 진짜래?"

쉬는 시간, 고은이 핸드폰을 내밀며 물었다. 양양 해변가에 유성우가 쏟아진 후 남은 운석에 관한 기사였다. 운석이라는 단어에 유림의 심장이 다시 두근거렸다. 유림은 이미 수십 번도 더 읽은 기사였다.

"나한테 소원 카드 하나 있는 거 알지."

유림의 말에 고은이 고개를 끄덕거렸다.

"나랑 여기 가자."

"어딜?"

"운석 보러."

"양양까지?"

고은의 눈이 휘둥그레졌다. 유림은 입꼬리를 슬쩍 올렸다. 운석의 존재를 꼭 두 눈으로 직접 확인하고 싶었다. 그건 마치 우주를 오래도록 사랑하며 기다려 온 자신에게 도착한 우주의 대답 같았으니까. 아무도 만지지 못한다는 특이한 운석을, 인생에 불쑥 나타나 특이점이 되어 준 고은이와 함께 만져 보고 싶었다.

"만약에 하나 가져올 수 있으면 돈을 엄청 벌 수 있대."

유림의 미소를 가만히 지켜보던 고은이 머리카락을 손으로 쓸어 넘겼다.

"그거 겁나 뜨겁다며."

"왠지 난 만질 수 있을 것 같아."

"헐, 네가 무슨 캡틴 마블이야?"

글쎄. 난 한 번도 내 인생에 영웅인 적이 없었고 나를 구원해 줄 히어로를 만나 본 적도 없지만 그냥 그런 느낌이 들어. 그 운석을 나는 만질 수 있을지도 모른다.

하지만 유림은 자신의 생각을 고은에게 말로 설명할 수 없었다. 어떤 말을 해도 설명에 실패할 거라는 예감만 들었다.

"좋아. 소원은 소원이니까. 근데 거기까지 가려면 돈 필요하잖아."

"그건 걱정 마. 나 돈 있어."

유림은 망원경을 사려고 모아 둔 돈을 떠올렸다. 지금까지 차곡차곡 모아 온 게 아깝지만 지금은 그런 걸 따질 때가 아니었다. 그 운석을 직접 보고 만지고 싶었다. 그러기 위해서는 무슨 짓이든 할 수 있을 것 같았다.

자기 전 침대에 누워 유림은 '고유하다'의 뜻을 검색해 봤다. 본래부터 가지고 있어 특유하다. 이번에는 '특유하다'의 뜻을 검색했다. 일정한 사물만이 특별히 갖추고 있다. 유의어는 '독특하다'. 유림은 자신이 독특하다고 생각한 적이 한 번도 없었다. 하지만 어쩐지 이 단어들이 마음에 들었다. 고유하고 특유하고 독특한 그 무엇을 꿈꿔 본 적은 한 번도 없지만, 이 단어들을 사랑해도 되지 않을까. 내게 적어도 무엇이든 사랑할 자유는 있지 않을까.

과연 내가 고유해질 수 있을까? 신비롭게도 고은이 남긴 단어에서 빛이 뿜어져 나왔다. 꼭 눈에 직접 보일 것처럼 선명한 빛이었다. 그 빛이 유림의 시선을 오래도록 붙들었다.

함부로 마음을 열지 마

간절히 기다린 일요일이 다가왔다. 도서관에 가는 길을 따라 벚꽃이 흩날렸다. 벚꽃은 예정보다 빨리 피더니 예정보다 빨리 떨어졌다. 과학 샘 말대로 개화 시기가 앞당겨지고 있었다. 그 때문인지 기후 위기 시대라는 말이 어느 때보다도 피부에 와닿았다.

도서관 1층 로비에 놓인 몇 개의 테이블과 의자에 사람들이 앉아 신문을 보거나 작은 소리로 이야기를 나누고 있었다. 자리를 맡고 몇 분쯤 지났을 때 사촌 오빠가 도서관에 들어섰다. 고은은 반가운 마음에 자리에서 벌떡 일어나 오빠에게 달려갔다. 어렸을 때부터 고은을 무척 귀여워해 준 오빠였다. 오빠는 과제 때문에 주말에 시간 빼기 힘들다고 투덜대면서도 간곡하게 부탁하자 결국 고은이 사는 동네까지 와 주었다. 고은의 머리를 몇 번 쓰다듬은 오빠가 음료수를 사 주겠다고 했다.

오빠와 함께 자판기에서 음료수를 뽑고 있는데 지후가 딱 나타났다. 지후는 고은과 오빠를 번갈아 보다가 오빠에게 고개 숙여 인사했다. 오빠는 지후에게도 먹고 싶은 음료수를 고르라고 했다. 지후는 커피를 골랐다. 그걸 보는 고은의 머릿속이 바빠졌다. 커피보다 달달한 음료를 좋아했는데 앞으로는 커피를 시도해 봐야겠다.

"일본어는 한국어랑 어순이 같아서 어렵지 않아. 히라가나랑 가타카나만 잘 익히면 돼."

오빠는 초급용 일본어 교재와 함께 미리 복사해 온 히라가나와 가타카나 표를 내밀었다. 빈 종이에 낯선 글자를 쓰며 고은과 지후는 발음을 따라 했다. 히라가나는 생각보다 어렵지 않았다.

"둘 다 잘하네."

사랑의 힘일까. 외국어를 좋아하지도, 잘하지도 않는 고은이었는데 히라가나는 곧잘 익혔다. 지후는 버킷리스트에 일본어를 배우고 싶다고 적은 사람답게 몰입해서 수업을 들었고 습득도 빨랐다. 오빠는 의지만 있으면 얼마든지 혼자 공부할 수 있는 세상이라면서 일본어 회화 앱과 유튜브 영상 몇 개를 추천해 주었다. 수업이 마무리될 때쯤 지후는 감사하다는 인사를 빼놓지 않았다. 오빠는 다음에 한 번 더 보자는 말을 남기고 자리에서 일어났다.

"우리도 일어날까?"

고은의 말에 지후는 대꾸하지 않고 망설였다. 도서관에 볼일이 더 있나? 그렇다고 하면 미련 없이 먼저 일어날 생각이었다. 마음이야 진짜 급했지만, 고은은 질척거리는 느낌만큼은 절대 주고 싶지 않았다. 상대방에게 큰 친절을 베풀었고 두 시간이나 같이 있었으니 첫 만남치고 나쁘지 않았다.

"저……."

거북이처럼 느릿느릿 지후가 입을 열었다.

"어떤 음식 좋아해?"

"어?"

열심히 공부한 흔적이 남은 종이들을 반으로 접으며 고은은 순진한 말투로 되물었다. 굉장히 어려운 발표를 앞둔 사람처럼 지후의 얼굴이 점점 새빨개졌다.

"오늘 수업 고마워서. 뭐라도 먹을래?"

붉게 물든 지후의 뺨을 보면서 고은의 가슴이 다시 떨려 왔다. 일본 소설을 좋아해서 일본어까지 공부하고 싶어 하는 아이. 책을 천천히 들여다보듯 사람에게 다가서는 것에 섬세한 아이. 호의를 받으면 보답해야 한다고 생각하는 아이. 이 아이가 너무 마음에 들었다.

오랜만에 공부했더니 허기지긴 했다. 김밥이 먹고 싶었지만 입안 가득 김밥을 우걱우걱 씹는 모습을 지후에게 보이고 싶지 않았다. 매운 떡볶이를 먹느라 얼굴이 빨개지는 것도, 땀을 흘리는 것도 안 된다. 떡볶이 국물에 찍어 먹을 수 없으니 당연히 순대도 안 된다. 이것저것 다 따져서 고은이 고른 메뉴는 빙수였다. 한입에 쏙 들어가니까. 무엇보다도 빙수 하나를 시켜서 같이 먹고 싶으니까.

"빙수 먹을까?"

고은과 지후는 도서관을 나와 빙수 가게까지 함께 걸었다. 살랑살랑 떨어지는 벚꽃의 마중을 받고 있으니 지후와 함께 결혼식장에 들어서는 것만 같았다. 기분이 날아갈 듯이 좋아서 콧노래를 흥얼거렸다. 온도, 습도, 햇살의 각도까지 모든 것이 완벽했다. 역시 난 럭키 걸이야.

어렸을 때부터 느꼈다. 행운이 내 편이라는 것을. 숨만 쉬어도 좋은 일이 마구 생긴다는 것을. 엄마와 장을 보고 계산대에 줄을 서면 고은이 기다리는 쪽이 늘 빨랐다. 체육 대회를 하면 고은이 속한 팀이 꼭 이겼다. 사촌 동생이 좋아하는 아이돌 그룹의 팬 사인회에 가고 싶어 했을 때도 고은이 나섰다. 앨범을 구매한 사람들 중 추첨으로 당첨자를 가려내는 방식이었는데 역시나, 고은이 당첨됐다. 아직 미성년자라 로또를 사지 못하지만 나중에 꼭 사 볼 테다. 최소한 3등은 하지 않을까 싶다.

고은이 기대했던 대로 둘은 빙수 하나를 시켜서 나눠 먹었다. 인절미와 아이스크림이 적당히 들어간 빙수는 훌륭했다. 다 좋았는데 딱 하나가 걸렸다. 바로 지후와 자신 사이를 메우고 있는 침묵이었다. 지후는 묵묵히 빙수를 먹는 일에만 집중했다. 문제는 고은이 이런 침묵에 몹시 약하다는 점이었다. 고은은 상대방과 아무런 대화도 나누지 않고 시간을 보내는 일에 젬병이었다. 입이 근질근질하고 머리가 어지러웠다. 위기다. 제 입에서 어떤 말이 튀어나올지 고은조차 알 수 없었다.

"너 여자친구 있어?"

말을 뱉자마자 고은은 아차 싶었다. 좀 성급했다. 오늘은 첫 데이트니까 절대 부담스럽게 굴지 말자고 그렇게 다짐했건만 어그러지고 말았다. 질문을 하자마자 후회가 밀려들었지만 고은은 생긋 미소를 지었다. 어떻게든 대화를 어색하지 않게 이어 나가고 싶은 마음뿐이었다.

"아니."

최소한 "너는 남자친구 있어?"라고 되물어 주기를 바랐지만, 지후는 다시 입을 꾹 다물어 버렸다. 얼른 빙수를 먹어 치우고 집에 가서 책이나 읽고 싶은 얼굴이었다.

"나랑 만나 볼래?"

지후의 눈동자가 커졌다. 지후는 맥락 없이 던져진 말을 이해하고 싶은지 눈을 더디게 끔벅였다. 질문을 주워 담고 싶었지만 이미 늦었다. 주사위는 던져졌다. 침묵을 견디지 못해 이 사달을 내고 만 자신을 탓하기 전에, 고은은 기후 위기 사태를 불러 온 어른들에게 책임을 묻고 싶었다. 지구를 멸망 직전까지 몰고 가는 데 조금이라도 책임이 있는 사람들을 일일이 찾아가 따지고 싶었다.

"난 문제가 많은 인간이야."

마침내 지후가 입을 열었고 고은은 얼른 숟가락을 테이블 위에 내려놓았다.

"나도 문제 많아."

지후의 입에서 작은 한숨이 흘러나왔다. 뭔가 일이 자꾸 꼬이는 것 같았다. 살면서 처음 느껴 보는 기분을 떨치고 싶어 고은은 얼른 덧붙였다.

"내가 괜찮다면?"

"내가 괜찮지 않다고."

"너 연애를 해 본 적은 있어?"

"없는데."

"그럼 해 봐야지. 괜찮은지 아닌지는 해 봐야지 아는 거야."

"네 말도 맞아, 맞는데……."

지후가 핸드폰 화면을 쓱 쳐다봤다. 지금이 몇 시인지 확인하는 단순한 행동이었는데도 고은은 마음이 아렸다. 자신과 있는 시간이 지루하다는 뜻 같기도 하고 얼른 집에 돌아가고 싶다는 뜻 같기도 했으니까.

"아직 널 잘 모르지만 한마디만 해도 될까?"

물론. 한마디가 아니라 백 마디도 좋아. 너랑 이야기를 나누고 싶어. 너에게 내가 얼마나 매력적이고 괜찮은 사람인지 알려 주고 싶어. 어떻게 해야 그게 가능할까? 그게 가능한 일이긴 할까?

"함부로 마음을 열지 마."

"뭐?"

고은의 두 눈이 휘둥그레졌다.

"마음을 연다는 건, 그러니까 사랑을 한다는 건 위험한 일이니까."

뭐래. 동의할 수 없었다. 고은은 사랑을 할 때 충만감을 느꼈다. 가슴에 흘러넘치는 따뜻하고 몽글몽글한 그 무엇을 상대방에게 주고 싶어 안달이 났다. 한 번도 두렵거나 슬프거나 위험하다고 느끼지 않았다. 지후는 어째서 저런 말을 하는 걸까. 지후가 진짜 전하고 싶은 마음은 무엇일까.

"나한테 가장 깊은 상처를 주는 건 내가 가장 사랑하는 것들이거든."

그 말을 끝으로 지후는 자리에서 일어섰다. 고은은 그새 녹아 버려 물이 흥건해진 빙수를 멍하니 응시했다. 방금 자신의 눈앞에서 일어난 일이 믿기지 않았다. 지후가 던진 말도 소화가 되지 않았다.

고은은 연애와 사랑을 이야기하고 싶었는데 지후는 위험과 상처라는 단어를 꺼냈다. 고은은 지후와 연애를 하고 결혼을 하고 싶었는데 지후는 마음을 열지 말라는 말을 남겼다. 난이도 조절에 실패해 어마어마하게 어려운 수학 시험을 보는 것처럼 고은은 어안이 벙벙하고 진땀이 흘렀다.

네 이름이 참 좋아

어째서 자신의 이름을 봄이라고 짓고는 동생의 이름은 고은이라고 지었을까. 어렸을 적에 봄이는 설거지를 하느라 바쁜 엄마를 붙들고 물어보았다. 왜 자신의 이름이 '봄'이냐고. 왜 동생의 이름은 '고은'이냐고. 엄마는 별걸 다 묻는다는 듯 심드렁하게 대답했다.

"네가 봄에 태어나서 봄이라고 지었지."

봄이는 따지듯이 덧붙였다.

"그럼 고은이는? 여름에 태어났잖아?"

"아, 고은이 가졌을 때 엄마가 좋아하는 배우 이름이 고은이었거든."

뭔가 석연치 않았다. 자신은 봄에 태어나서 툭, 봄이라고 짓고 이고은은 좋아하는 배우 이름에서 따왔다는 말이 어쩐지 서운하게 느껴졌다. "엄마는 봄을 좋아하기는 해?"라고 묻고 싶었다. "엄마는 무슨 계절을 가장 좋아하는데? 설마 봄을 가장 싫어하는 건 아니지?"라고도 묻고 싶었지만 엄마가 정말 바빠 보여서 그만두었다.

예전부터 봄이는 이름에 불만이 많았다. 태어날 때부터 정해져 자신의 뜻이 전혀 반영되지 않은 이름. 이건 뭔가 잘못되었다. 자신이 가장 많이 들을 이름을 스스로 정할 수 없다는 것도, 이름을 바꾸려면 성인이 될 때까지 기다려야 한다는 것도 마음에 들지 않았다. 아니, 이름이라는 것 자체가 못마땅했다.

누구나 '봄'이라는 단어를 알고 있다. 이름이 봄이라서 이렇게 평범한 모습으로 살고 있는 건지도 모른다. 게다가 꽤 많은 사람들이 봄을 좋아하지 않는다. 황사의 계절. 미세먼지가 심해지는 계절. 대책 없이 점점 짧아지기만 하는 계절.

봄이는 엄마가 한때 엄청 좋아했다는 배우 '문고은'을 검색해 본다. 문고은의 인스타에 들어가 그가 어떤 사람인지 염탐한다. 그는 한 달에 한 번 머리카락을 진갈색으로 염색한다. 자신이 네일을 하지는 않지만 친구들이 네일을 하면 꼭 사진을 찍어 올린다. 그가 가장 아끼는 귀걸이는 높은음자리표 모양이다. 음악을 좋아하는데 특히 재즈를 좋아한다고 한다. 영화

〈리플리〉에서 맷 데이먼이 부른 'My Funny Valentine'을 미치도록 좋아해서 1000번 이상 들었단다.

가끔 사진 뒤편으로 문고은의 집이 보인다. 소파에는 큼지막한 실크 쿠션이 많다. 쿠션에 수놓인 그림들이 따뜻한 느낌을 준다. 하나는 눈망울이 귀여운 고양이고 다른 하나는 책 읽는 소녀들인데 두 그림 모두 르누아르 풍이다. 그는 시저샐러드를 좋아하고 무엇보다도 삼겹살을 사랑한다. 그렇다. 그는 엄마처럼 소주파다. 주량이 어마어마하다고, 요즘엔 순댓국에 푹 빠져 있다고 한다. 어쩌면 이런 점 때문에 엄마가 문고은을 좋아하는지도 모른다. 그가 가장 좋아하는 배우는 메릴 스트립과 에마 스톤이다. 둘은 아카데미 여우 주연상을 받았다는 공통점이 있다.

가만히 있어도 문고은은 반짝인다. 이고은처럼. 사람들은 누구나 반짝이는 존재를 좋아한다. 엄마도 사람이다. 삼단 논법에 따라 내려진 결론에 봄이는 조용히 한숨을 내뱉는다.

당연히, 엄마는 나보다 고은이를 사랑한다.

물론 잘 알고 있다. 엄마와 아빠는 봄이와 고은을 차별한 적이 없다. 똑같이 사랑으로 키웠고 용돈을 비롯해 세세한 부분에서 늘 공평했다. 오히려 언니라는 이유로 봄이가 더 많은 것을 누렸다. 이고은보다 큰 방을 차지했고, 옷도 훨씬 많았고, 학원도 더 많이 다녔다. 그런데도 왜 엄마 아빠가 고은이를 바라볼 때 더 사랑스러운 눈빛이 된다고 느껴지는 걸까. 왜 자신이 학원을 간 사이에 엄마 아빠가 고은이에게 맛있는 것을 사 주면서 "언니한테는 비밀이당."이라고 말하는 상상을 하게 되는 걸까.

어렸을 때부터 이고은은 평범하지 않았다. 어디를 가든 사람들은 고은이를 바라보느라 정신이 없었다. 고은이의 피부는 유난히 희고 투명했다. 목소리는 귀여웠고 손과 발은 앙증맞았다. 반사판을 달고 다니는 사람처럼 머릿결은 늘 눈부셨다.

아빠는 고은이의 애교에 사르르 녹아내리기 일쑤였다. 애교 부리는 것을 소름 끼치도록 싫어하는 봄이와 달리 이고은은 태어날 때부터 애교를 무기로 장착한 아이 같았다. 나이를 먹고 중학생이 되면 좀 점잖아지겠지 생각했는데 그건 봄이의 착각이었다. 그 애의 애교는 더 부드럽고 세련된 방식으로 바뀌었을 뿐이었고, 사람들은 한층 성숙해진 애교에 마음의 문을 홀러덩 열었다.

태어나자마자 엄마 아빠는 물론이고 동네 어른들의 사랑을 독차지한 고은이었지만 단 한 사람만은 그 애를 좋아하지 못했다. 바로 봄이었다.

봄이는 고은이가 사랑스러웠지만 도무지 손을 댈 수 없었다. 고은이가 반짝일수록 봄이는 시들어 갔다. 빛이 있으면 어둠이 있다. 태양이 있으면 달이 있고 낮이 있으면 밤이 있다. 봄이는 빛이 나는 고은이를 가까이에서 지켜보며 스스로에게

읊조렸다. 그래, 나 기꺼이 어둠이 되리라.

하지만 이제 봄이는 안다. 자신에게도 부드러운 빛이 타오르기 시작했다는 것을. 사랑하는 준기 덕분에 말이다.

학원 쉬는 시간, 간식을 먹으러 편의점에 들렀는데 경림과 딱 마주쳤다. 바나나우유를 마시고 있던 경림은 봄이를 보자마자 잽싸게 봄이의 팔목을 낚아채더니 편의점 밖 으슥한 곳으로 끌고 갔다.

"너, 그 소문 들었어?"

"무슨?"

경림은 주변을 한 번 둘러본 뒤 목소리를 낮추었다.

"세명고, 학폭 터졌잖아."

세명고는 봄이와 경림이 다니는 문덕고 바로 옆에 있는 학교이자 준기가 다니는 학교였다. 하루가 멀다 하고 학폭 기사가 뜨는 요즘이었지만 아직까지 이 동네에서 학폭이 터진 적은 없었다.

"너 진짜 못 봤어?"

경림이 답답하다는 얼굴로 물었다. 봄이는 고개를 천천히 가로저었다. 자신이 꼭 듣고 봤어야 하는 이야기가 대체 무엇이란 말인가? 경림이 봄이 곁으로 바짝 다가와 속삭였다.

"가해자 명단에 네 남친이 있었어."

경림의 말에 따르면 세명고 자유 게시판에 떴던 가해자 명단은 몇 시간 만에 사라졌다고 한다. 봄이는 기가 막혀 헛웃음을 터뜨렸다. 봄이의 손을 잡을 때도, 꽃을 건넬 때도 부드럽기 그지없는 준기였다. 학폭이라니. 가해자라니.

"수업 시작했겠다."

봄이는 할 말이 남은 듯한 경림을 남겨 둔 채 강의실까지 달렸다. 오랜만에 경림을 만나 반가웠는데 이게 무슨 자다가 봉창 두드리는 소리인지. 세명고가 작은 학교도 아니고, 준기가 특이한 이름도 아니다. 같은 학년에 준기라는 이름을 가진 애가 하나뿐일 리 없다. 수학 문제집을 책상 위에 펼치는데 알림이 울렸다. 준기였다.

—저녁 잘 챙겨 먹었어?

배시시 웃음이 나왔다. 봄이는 선생님 몰래 답장을 보냈다. 이차함수 수업이 시작되었다. 공식에 맞춰 문제를 풀이하는 설명을 듣는데 준기의 목소리가 번뜩 떠올랐다.

"봄아, 난 네 이름이 참 좋다."

이렇게 말해 준 사람은 준기가 처음이었다. 태어나 처음으로 봄이는 자신의 이름은 물론이고 자신의 존재 자체까지 사랑할 수 있을 것 같았다. 준기를 만나지 못했다면 어땠을까. 봄이는 고개를 흔들었다. 상상조차 하고 싶지 않았다.

"네가 너무 마른 것 같아서 걱정이야."

마른 봄이를 걱정해 준 사람도 준기가 처음이었다. 그러고

보니 준기는 사귀자는 말 대신 이런 말을 꺼냈다.

"우리 맛있는 거 먹으러 가자."

그 말이 미치도록 좋았다. 보고 싶다, 사귀자, 나 너 좋아한다 등의 빤한 말보다 몇십 배는 달콤하고 아름다웠다.

드디어 학원 수업이 끝났다. 집으로 향하는 버스 안에서 봄이는 준기의 톡을 확인했다.

—봄아, 우리 양양 가는 거 맞지?

—그럼.

다가오는 일요일, 카페 아르바이트를 미리 빼 뒀다. 준기와 함께 양양에 가기 위해서였다. 오픈 채팅방 검색창에 '양양', '운석'을 넣었더니 생각보다 많은 방이 만들어져 있었다. 운석을 보거나 만지기 위해 양양에 갔다 온 사람들이 올린 블로그 후기와 유튜브 영상도 많았다. 클릭해서 하나하나 봤는데 실패담만 가득했다. 운석을 직접 만지는 데 성공했다는 사람은 아직 없어 보였다.

만약 우리가 성공한다면? 즐거운 상상을 하며 봄이는 눈을 감았다. 피곤함과 함께 졸음이 쏟아졌다.

신묘한 운석

그렇게 지후와 헤어지고 난 후 고은은 방바닥에 뻗어 버렸다. 아무것도 하고 싶지 않았다. 몸에 남아 있던 힘이 손끝과 발끝으로 전부 빠져나가는 느낌은 처음이었다. 최단 시간에 고백을 했고 최단 시간에 까였다. 요즘 처음 경험하는 일이 참 많네.

이제까지 고은은 럭키 걸이었다. 행운을 몰고 다니는 행운의 여신이었다. 머피의 법칙과는 거리가 먼 삶을 살아왔다. 그런데 이게 대체 무슨 일일까. 그동안 행운을 너무 많이 써 버린 건지도 모른다. 그래서 지후가 자신을 밀어낸 거라면 어디에서부터 시작해야 할까. 어떻게 해야 다시 행운을 모을 수 있을까.

양양의 운석!

고은은 유림이 보내 준 영상을 다시 재생했다. 영상의 요지는 간단했다. 누구도 만질 수 없고 들어 올릴 수 없는 운석을 직접 보기만 해도 사랑이 이뤄진단다. 더 나아가 운석을 만질 수 있는 사람이 있다면 그 사람의 소원이 이뤄진단다. 이 신묘한 운석을 운반할 수 있다면 값비싸게 팔 수 있다니 짭짤한 용돈이 생기는 건 덤이고.

'나한테 가장 깊은 상처를 주는 건 내가 가장 사랑하는 것들이거든.'

지후의 말이 다시 떠오른다. 분명 지후는 사랑에 빠진 적이 있다. 그리고 그로 인해 상처를 받은 것 같다. 누구일까, 지후가 사랑한 사람은. 무엇일까, 지후가 받은 상처는. 자꾸 생각이 지후에게로 향한다. 생각을 떨쳐 내기 위해 고은은 양양과 운석에 관한 자료를 조사한다. 유림이와 함께 추진하기로 한 '양양 프로젝트'에 집중한다.

양양에 갈 아이들을 모아 보자는 아이디어를 낸 사람은 고은이었다. 유림은 고은의 아이디어에 실망하는 기색이었다. 반대하지는 않아도 둘이 오붓하게 가고 싶어 하는 것 같았다. 대차게 까인 상처를 치유하기 위한 여행인 만큼 고은에게는 많은 사람이 필요했지만, 유림이를 생각해 하은이에게만 양양 이야기를 알렸다. 지후 때문에 하은이와 연락을 자주 하고 있던 터라 자연스럽게 얘기가 나왔다. 함께 움직이는 사람이 한 명이라도 많아지면 그만큼 지후를 덜 생각할 수 있을 것 같았다.

버스표 예매를 서둘러야 했다. 주말이었고, 양양에 가는 사람들은 점점 더 많아지고 있었다. 매진되기 전에 얼른 예매해 두려고 앱을 여는데 전화가 걸려 왔다. 한솔이었다.

"뭐 하냐."

"바쁘다."

고은은 무심히 대꾸했다. 핸드폰 너머에서 한솔이 깊은 한숨을 쉬었다.

"외롭다."

고은은 한솔의 말을 깔끔하게 무시했다.

"오늘은 네 징징거림 들어 줄 기분 아님."

이쯤 되면 전화를 끊을 법도 한데 한솔은 그러지 않았다. 고은은 하는 수 없이 먹이를 던져 주듯 질문을 던졌다.

"너도 양양 갈래?"

양양이라는 단어에 한솔이 급발진했다. 당장 놀이터에서의 접선을 제안했다. 몹시 귀찮았지만 고은은 거절하지 못했다. 한솔의 목소리가 그만큼 간절했다. 방바닥에 좀비처럼 누워 있던 고은은 끙, 하는 소리를 내며 겨우 몸을 일으켰다.

전화를 끊자마자 달려왔는지 한솔은 벌써 놀이터 그네를 차지하고 있었다. 고은은 후드를 쓰며 한솔 옆에 있는 그네에 앉았다. 밤공기가 제법 차가웠다.

"휴."

두 사람은 동시에 깊은 한숨을 내뱉었다.

"한숨 뭐냐."

"너는 뭐냐."

"내가 먼저 물었잖냐."

"그게 그렇게 중요하냐."

두 사람은 한참 동안 실랑이를 했다. 하고 싶은 말이 가득했지만 어떤 말부터 꺼내야 할지 알 수 없어 고은은 참담했다.

"중요한 건 양양이 아니라 날짜인데."

말끝에 한솔이 짧은 한숨을 덧붙였다.

"알아듣게 좀 말하지."

한솔은 만우절이라는 단어로 이야기를 시작했다. 고은 역시 한솔이 서연이를 좋아한다는 사실은 알았다. 하지만 한솔이 만우절을 핑계로 고백할 거라고는 생각지 못했다. 까이면 까이는 거지 뭘 저렇게 몸을 사리나. 그 어떤 것도 방패 삼지 않고 당당히 고백한 자신이 잠깐이나마 자랑스러웠다.

"그러니까, 서연이네 반 애들이 토요일이랑 일요일 중 어떤 요일에 양양에 가는지, 그게 알고 싶은 거지?"

핵심을 짚은 고은의 말에 한솔은 바보처럼 고개를 주억거렸다.

"기다려 봐."

"알아낼 방법이 있어?"

"깜짝 놀랄 것이다."

고은은 입술을 쫑긋 모으며 톡을 다다다다 쳤다.

"3반 황하은. 모르는구나."

"황하은?"

"청아중의 진정한 CIA. 5분 안에 해결된다고 본다."

"와, 씨."

"욕 나오지."

한솔이 다리를 덜덜 떨었다. 고은은 핸드폰을 하는 중간중간 시야를 가릴 정도로 흘러내리는 후드를 뒤로 잡아당겼다.

"일요일이란다."

"확실한 거지?"

고은은 한솔을 째려봤다.

"너 제대로, 크게 쏴야 할 거다."

"누구한테?"

"당연히 나한테지."

"황하은 말고 너한테?"

"하은이한테도 쏴라."

"오케이. 3분 만에 해결이라니. 미쳤네."

고은은 주머니에 핸드폰을 넣고 밤하늘을 바라봤다. 드문드문 박혀 있는 별빛이 보였다. 저걸 제대로 보려고 유림이는 망원경을 산다고 했었지.

"휴."

두 사람은 또다시 깊은 한숨을 내쉬었다. 고은의 가슴에 스크래치가 났다. 짝사랑 전문인 한솔과 자신이 같은 처지라는 사실이 믿기지 않았다. 매번 짝사랑만 하느라 여태껏 모태 솔로인 한솔 녀석과 내가 똑같이 놀이터 그네에 앉아 한숨이나 쉬고 있다니. 미치고 팔짝 뛰겠다.

"어차피 나도 유림이랑 양양 갈 건데 같이 갈래?"

한솔은 그네를 탄 채 고은이 있는 쪽으로 움직였다. 그러더니 고은의 그네 줄을 세게 붙잡았다.

"부탁하네, 친구."

한솔이 놀고 있는 손을 내밀었지만 고은은 그 손을 가볍게 무시하고 그네에서 벌떡 일어섰다. 그 바람에 고은이 탔던 그네가 한솔의 손을 찰싹 때렸다. 한솔은 아픈 손가락을 털다가 고은을 따라 일어났다. 고은이 놀이터를 빠져나가려는데 한솔이 다급한 발걸음으로 따라왔다.

"혹시 말이지, 서연이가 좋아한다는 녀석이 오면 어쩌냐."

고은은 후드를 휙 넘기며 뒤돌아섰다.

"너도 서연이 말고 다른 애 좋아하는 척해."

"누구를……?"

"당연히 나지."

그래. 그랬었지. 많은 사람이 당연히 고은을 사랑했다. 고은은 어딜 가나 주목받았다. 사람들이 고은을 향해 짓는 사랑스러운 미소를 어렵지 않게 볼 수 있었다. 그런 자신이 대차게 까였다. 고은은 어둑한 하늘을 쏘아보았다.

제게 왜 이런 시련을 주시는 겁니까. 네?

하늘은 아무런 대답이 없었다. 고은은 씁쓸한 미소만 남긴 채 놀이터를 빠져나왔다.

각자의 분노 버튼

세상의 종말을 상상한다. 땅이 갈라지고 모든 것이 와르르 무너지고 물이 차오를 것이다. 한쪽에서는 걷잡을 수 없는 화재가 날 것이다. 겨울이 점점 따뜻해지고 눈이 내리지 않아 건조해질 대로 건조해진 산과 나무에 옮겨붙은 작은 불씨가 점차 크게 번진다. 사람들은 불을 끄기 위해 달려들지만 화마는 결코 수그러들 기세가 아니다. 몇 년 전부터 세계 곳곳에서 엄청난 규모의 산불이 일어나고 있다. 불이 옮겨붙어 붉게 타 버리는 지구. 사람들은 비명을 지르고 눈물을 흘리겠지. 돈이 많은 사람들은 가족들을 데리고 화성이나 목성으로 도망칠 것이고 돈이 없는 사람들은 사랑하는 사람과 함께 처참한 죽음을 맞이할 것이다.

종말을 구체적으로 상상할수록 지후의 내면에 묘한 쾌감이 차올랐다. 지구가 당장 내일 종말에 처한다 해도 지후는 괜찮았다. 어차피 인간은 태어나는 순간부터 죽음을 향해 나아간다. 죽음의 순서만 랜덤일 뿐이다. 하지만 단 하나, 걸리는 것이 있다. 아직 작가가 되지 못했다는 사실.

등단이 중요한 게 아니라 매일 소설을 쓰는 사람이 작가라고 어느 소설가가 말했지만, 그래도 지후는 등단도 하고 책도 내고 싶었다. 자신이 쓴 소설을 세상 사람들이, 단 한 사람이라도 읽어 주었으면 했다.

사람들이 이런저런 평가를 하면 어떤 기분이 들까. 상상이 되지 않았다. 칭찬을 하는 사람도 있겠지만 욕을 하는 사람도 있겠지. 가차 없고 날 선 비평을 마주하면 가슴이 찢어질지도 모른다. 그래도 좋다. 책이 나오고 작가로 불릴 수만 있다면 어떤 치욕도 견딜 수 있을 것 같았다.

어릴 적부터 책을 좋아했다. 책의 세계는 끝이 없었고 품이 넓었다. 훌륭한 작가가 넘쳐났고 마음을 끌어당기는 주인공들이 가득했다. 그래서 지후는 외롭다고 느낀 적이 단 한 번도 없었다. 소설을 쓰는 작가들이, 그들이 그려 내는 인물들이 지후에게는 친구였고 스승이었고 가족이었다.

한때지만 소설만큼 아낀 사람이 있었다. 바로 재현 선배였다. 지후는 재현을 존경했다. 선배는 교지 편집부 리더였다. 아는 것도 많고 글도 참 잘 쓰는 사람이었다. 리더십도 뛰어났다. 선배는 신이 가장 좋은 것들로 빚은 사람 같았다. 늘 자신의 부족한 점들에 몸서리치던 지후에게 선배는 멋진 롤 모델이었다.

"다시 써야겠다. 그럴 수 있지?"

교지에 실릴 짧은 글이었다. 한 자 한 자 정성 들여 쓴 원고는 빨간 펜으로 난도질당해 돌아왔다. 선배의 기준은 너무 타이트했다. 지후는 물론이고 교지 발행을 위해 모인 사람들 전부 선배에게서 엄청난 지적을 받았다. 몇몇은 선배의 엄격한 기준을 이해하지 못하고 편집부를 나갔다.

지후는 혹독한 수정 과정을 견뎠다. 이런 과정을 거쳐서 글이 좋아질 수 있다면, 선배의 마음에 드는 후배가 될 수 있다면 얼마든지 버티리라 다짐했다. 선배를 존경하지 않았더라면 지후 역시 오래 버티지 못했을 것이다.

"하루키는 이제 맛이 간 거 같더라."

오랜만에 선배를 만났다. 지후는 중3이 되었고 선배는 이제 고등학생이었다. 선배를 만나는 자리에 무라카미 하루키 책을 들고 나갔는데, 그걸 본 선배가 불쑥 한 말이었다.

"선배, 하루키 좋아하지 않았어요?"

지후는 잠긴 목소리로 간신히 말했다. 충격이 소화되지 않은 상태였다.

"그랬지. 근데 이젠 질려. 매번 비슷한 이야기만 하니까."

결코 동의할 수 없었다. 동의하고 싶지도 않았다. 선배가 몹시 낯설었다. 지후가 알던 선배가 아닌 것 같았다. 하루키 소설을 읽으면 시간 가는 줄 모르고 이야기를 이어 가던 선배였다. 하루키를 함께 사랑해서 소설가라는 같은 꿈을 꾸게 되었는데, 이제는 질렸다니.

"나 이제 글 안 써."

선배는 굉장히 당당한 목소리로 말했다. 나 취직했어, 혹은 나 복권에 당첨됐어, 라고 말하는 듯한 뉘앙스였다.

"그럼……."

선배는 지후와 나누는 대화가 지루하다는 듯 손마디를 하나씩 꺾어 대기 시작했다.

"너도 정신 차려. 소설 쓰면 굶어 죽어, 인마. 결혼도 못 하고 죽을래?"

선배가 남긴 마지막 말이 오래도록 귓가에 남았다. 존경하지도, 좋아하지도 않은 사람의 말이었다면 상처가 덜했으려나. 유일하게 존경하는 '실제 사람'이 자신이 가장 경멸하는 말을 했다는 사실을 어떻게 받아들여야 할지 알 수 없었다.

그러다가 그 일을 알게 되었다. 선배가 졸업 전 마지막으로 교지에 실은 글은 많은 주목을 받았다. 취지도 좋았고, 문장도 빼어났고, 무엇보다도 그 안에 담긴 사유가 도저히 중학생이

썼다고는 믿을 수 없을 만큼 성숙해서였다. 선배를 향해 쏟아지는 찬사가 제 일이라도 되는 양 지후는 뿌듯해했다. 글에 관심 없는 애들이야 몰랐겠지만 지후는 알고 있었으니까. 선배가 얼마나 멋진 사람이고 얼마나 멋진 글을 써 낼 수 있는 사람인지.

그런데 그 글이 표절이었다. 한 신입생이 학교 자유 게시판에 어떤 작가의 글을 올렸는데, 그 글의 몇 문단과 선배의 글이 빼다 박은 듯 일치했다. 애들은 신입생이 올린 글과 지난해 교지에 실렸던 선배의 글을 연결 짓지 못했다. 지후는 달랐다. 단박에 표절 사실을 알아차렸다. 선배의 글을 여러 번 읽어 외우다시피 했으니 당연한 일이었다. 선배에게 이 사실을 알려야 할까? 지후는 홀로 고뇌에 찬 시간을 보내다가 결론을 내렸다. 선배에게 문자를 보내 이 사실을 알렸다. 선배는 지후의 문자를 씹었다. 며칠 뒤에 전화를 걸어 봤지만 선배는 지후의 전화를 받지 않았다.

지후는 더 고립되어 갔다. 사람들과 말을 잘 섞지 않았다. 선배가 변했다는 것보다도 표절했다는 사실이 지후를 더 괴롭게 했다. 그만큼 선배의 글을 사랑했다. 사랑이 깊은 만큼 상처가 컸다. 역시 사람에게는 희망이 없구나. 사람이 다시 싫어졌다. 소설에만 더 파고들었다. 상처받고 운명 앞에서 버둥거리는 인물들이 다른 사람의 글을 표절하는 사람보다 훨씬 더 인간적으로 느껴졌다.

"나랑 만나 볼래?"

고은이 그렇게 말했을 때, 지후는 말 그대로 얼떨떨하고 황당했다. 사람을 경멸하는 자신에게 고백하는 아이가 있을 거라고는 한 번도 상상해 본 적이 없었기 때문이다. 더욱이 이고은처럼 빛이 나고 반짝이는 사람이 왜 자신에게 만나 보자고 하는 건지 도통 이유를 알 수 없었다. 화려하고 찬란한 것은 자신과 어울리지 않는다. 태양과 달 사이의 거리만큼이나 그러하다. 서로 가까이 다가갈 수조차 없는 인간들이 있는 거다. 그 애의 고백은 치기 어린, 가벼운 장난에 불과하지 않을까. 장난이 아니라고 해도 대답은 달라지지 않는다. 만에 하나 그 애가 진심으로 고백한 거라 해도 상관없다. 자신이 누군가를 사랑하는 일에 관심이 없듯, 누군가가 자신을 사랑하는 일에도 관심이 없으니까.

자려고 누웠는데 핸드폰이 울렸다. 그 애였다. 빙수를 먹기 전에 핸드폰 번호를 물어서 아무 생각 없이 알려 준 게 떠올랐다. 지후는 전화를 받지 않았다. 안 받으면 자는 줄 알겠지, 지레 지쳐서 포기하겠지, 싶었다. 그런데 아니었다. 이고은은 끈질기게 전화를 걸어 왔다. 네가 받을 때까지 걸겠노라고 선언하는 듯 벨 소리가 길게 이어졌다. 번호를 왜 가르쳐 줬을까. 후회하기에는 이미 너무 늦은 일이었다.

"여보세요."

"야! 왜 이렇게 전화를 안 받아!"

이고은은 버럭 화를 냈다. 이 늦은 시간에 전화를 건 자신이 무례하다고는 생각하지 않는 모양이었다. 지후는 대꾸조차 하고 싶지 않았다.

"됐고. 네가 나 찼으니까 부탁 하나 들어줘."

"내가 왜?"

점점 더 기가 찼다. 그냥 확 끊어 버릴까?

"정지후, 잘 들어. 너는 나를 거부한 최초의 사람이라고. 나한테 엄청난 상처를 줬다고. 그러니까 잔말 말고 내 부탁 들어줘야 해."

"싫다면?"

"그럼 앞으로 너 학교에서 조용히 책만 읽고 살지는 못할걸?"

사람들에게는 각자의 분노 버튼이 있다. 지후는 사람들의 분노 버튼을 최대한 자극하지 않는 방식으로 살아왔다. 그래야 만사가 평화로웠고, 그래야 마음 편히 책을 읽을 수 있으니까. 그런데 자신도 모르는 사이에 이고은의 분노 버튼을 눌러 버린 것 같았다. 지후는 손끝으로 눈썹을 긁다가 미간을 찡그렸다.

"부탁이 뭔데."

"이번 주 일요일에 동서울 터미널로 나와."

"터미널은 왜?"

"양양 갈 거야. 같이."

양양? 거기를 내가 너랑 왜 가야 하는데? 수많은 질문이 와르르 튀어나왔다.

지후는 웬만한 일에는 흥분하지도, 화를 내지도 않았다. 어쩌면 다른 사람과 달리 자신에게는 분노 버튼이 없는 게 아닐까 싶을 정도였다. 그런데 이고은, 이 아이가 자꾸 자신의 몸을 쿡쿡 쑤셨다. 이러다 이 아이가 마음속에 꽁꽁 숨겨져 있던 분노 버튼을 찾아내 꾹 누를까 봐, 그래서 본의 아니게 이고은한테 또 한 번 상처를 주게 될까 봐, 인간을 경멸하는 주제에 자신에게 고백을 한 사람에게 사랑은커녕 분노만 터뜨리는 정말 형편없는 인간이 되어 버릴까 봐 지후는 심히 걱정됐다.

터미널 집결

일요일. 고은은 잠을 설쳤다. 덕분에 아주 일찍 일어나서 준비할 수 있었다. 비비 크림을 바르고 곱게 아이라인을 그렸다. 며칠 전부터 미리 골라 둔 옷을 입고 거울 앞에 서자 기분이 좋아졌다. 고은은 거울을 볼 때마다 그랬다. 거울 속 자신이 늘 마음에 들었다.

동서울 터미널에 도착했다. 유림이 먼저 와 기다리고 있었다. 유림은 짙은 초록색 등산 모자를 쓰고 왔다. 그 때문에 탐사를 떠나는 과학자 같기도 했고 수색에 동원된 군인 같기도 했다. 잠시 후에 한솔이 쭈뼛쭈뼛 등장했다. 뭐가 부끄러운지 한솔은 캡 모자에 선글라스까지 쓰고 있었다. 분명 아빠 선글라스를 훔쳐 쓴 거겠지. 저기에 마스크까지 쓴다면 영락없이 스파이 모양새가 되겠구나.

한솔 뒤에 그림자처럼 붙어 있는 사람이 보였다. 고은은 팔꿈치로 한솔의 팔을 툭 쳤다.

"누구?"

"아, 내 짝."

한솔은 선글라스를 살짝 내리며 고은에게 제 짝을 소개했다. 한솔 덕분에 일행이 늘어 고은은 안도했다.

"이쪽은 진태윤. 여기는 이고은."

태윤은 양손에 커다란 비닐봉지를 들고 있었다.

"그 많은 짐은 뭐야? 우리 당일치기인데?"

고은의 물음에 태윤은 멋쩍은 미소를 지었다.

"아, 빵이야."

고은은 먹는 걸 좋아하는 유림을 힐끗 바라봤다. 유림의 눈이 반짝이는 순간을 놓치지 않았다.

"얘는 맨날 빵을 손에 들고 있어. 난 얘네 집 빵집 하는 줄 알았다니까."

태윤 덕분인지 빵 덕분인지 한솔은 한결 긴장이 풀린 듯 촉새처럼 쫑알거렸다. 그러더니 주변을 두리번거리며 다시 선글라스를 썼다. 언제 어느 순간 어떤 방식으로 서연을 마주칠지 몰라 긴장한 기색이 역력했다.

마지막으로 하은이 나타났다. 하은은 잠시도 핸드폰 화면에서 눈을 떼지 않은 채로 참 잘도 걸었다.

“우리 몇 번이지?”

그렇게 바쁘면서도 하은은 중요한 질문을 빼먹지 않았다. 고은은 버스가 대기 중인 플랫폼 번호들이 띄워진 전광판과 버스표를 번갈아 쳐다봤다.

“3번.”

“오케이. 미리 가서 기다릴까?”

고은은 목을 길게 빼고 사람들이 쏟아지다시피 들어오는 출입구를 하염없이 바라보았다. 지후가 아직 도착하지 않았다. 끝까지 무시하는 건가? 가슴속에서 자꾸 무언가가 부글부글 끓어올랐다.

“가자니까.”

하은이 핸드폰에서 눈을 떼며 말했다. 고은과 시선이 마주친 유림이 눈으로 말했다. 걔 안 올 수도 있으니까 너무 실망하지 마. 고은의 입에서 긴 한숨이 비어져 나왔다. 핸드폰으로 시간을 확인한 고은이 입을 뗐다.

“그래, 가자.”

그렇게 부탁했는데 안 온다고? 자신을 이렇게 대한 사람은 이제껏 없었다. 고은은 사람들을 따뜻하게 대했고 그러면 사람들은 고은을 살갑게 아껴 주었다. 그런데 정지후 이놈은 자기를 찬밥 취급하고 있다.

"잠깐만!"

기다렸던 목소리에 고은의 두 귀가 쫑긋 섰다. 고은은 발걸음을 멈추고 뒤를 홱 돌아봤다. 지후였다. 지후가 고은이 있는 곳으로 빠르게 달려왔다. 멈춰 서며 가쁜 숨을 토해 내는 지후에게서 봄 향기가 났다. 서운했던 마음은 지후를 보자마자 거짓말처럼 사르르 녹아내렸다. 고은의 심장이 다시 두근거리기 시작했다.

"미안. 코앞에서 버스를 놓쳤어."

"정지후?"

물음표가 가득한 하은의 눈빛에 고은이 끼어들었다.

"내가 불렀어. 동아리 과제 때문에."

급히 동아리를 팔아먹고 고은은 3번 플랫폼으로 걸어갔다. 하은이 앞장섰다. 그 뒤를 유림과 한솔과 태윤이 뒤따라갔다. 고은은 자신과 속도를 맞춰 걷는 지후의 어깨를 힐끔대다가 작게 속삭였다.

"와 줘서 고마워."

지후는 대답 대신 고개를 한 번 끄덕였다. 시선을 내리깔고 천천히 일행의 뒤를 좇는 지후를 보며 고은은 궁금했다. 양양까지 갔다가 돌아오는 이 여정에서 지후는 무엇을 느낄까. 책보다 더 즐겁고 멋진 것이 있다는 걸 한 번이라도 느낄 수 있을까. 지후의 옷차림은 도서관에서 일본어를 배우던 날과 같았다. 아래로 처진 백팩을 보며 고은은 생각했다. 아마도 책이 들어 있겠지. 무라카미 하루키 책, 아니면 괴테의 『파우스트』.

지후의 버킷리스트를 훔쳐본 뒤 검색해 봤다. 세상에 '괴테'라는 기이한 이름을 가진 작가가 있다는 사실보다 더 충격적이었던 건 '괴테'가 매우 매우 유명한 작가라는 사실이었다.

"여기다."

한솔이 외쳤다. 버스 앞 유리창에는 목적지 양양이 표시되어 있었다. 하은은 핸드폰을 하느라 바빴고, 유림은 태윤의 빵봉지를 흘끔거렸고, 고은은 여전히 지후의 어깨를 바라보고 있었고, 지후는 책을 읽지 않는 무료한 시간을 버텨 내기 위해 멍을 때리는지 초점 없는 눈으로 버스만 쳐다봤다. 그렇게 기사님이 와서 문을 열어 주기를 기다리고 있는데 익숙한 얼굴이 눈에 들어왔다.

오 마이 갓. 언니였다.

"너 여기서 뭐 해? 오늘 영어 학원 가는 날 아니야?"

이런 젠장. 욕이 튀어나올 뻔했다. 왜 하필이면 언니인가. 세상에서 지후 다음으로 고은에게 호의적이지 않은 사람이 언니인데.

이럴 때일수록 침착해야 해. 하은이에게 말했던 것처럼 동아리 과제라고 해도 되고 천문학자가 꿈인 유림이를 팔아도 된다. 얼마든지 그럴듯한 거짓말을 지어낼 수 있는데, 그 전에 고은은 언니가 손을 꼭 잡고 있는 남자부터 짚고 넘어가고 싶었다. 언니야말로 자기한테 이 남자의 정체에 대해 명확한 해명을 해야 한다고 생각했다.

"안녕하세요?"

고은이 남자 쪽으로 성큼 다가가 고개를 숙이자 언니와 남자는 무척 당황한 눈치였다. 언니와 남자의 꼭 잡고 있던 손이 스르륵 풀렸다. 그렇지. 전세 역전이었다.

"저는 언니 동생 이고은이에요."

"아, 네. 이야기 많이 들었어요."

거짓말. 언니가 내 이야기를 많이 했을 리가 없다. 고은은 언니가 직접 남자를 소개해 주기를 기다렸지만 언니는 그럴 생각이 없는지 딴청을 부렸다.

"이번은 조용히 넘어가 줄게."

새쭉한 표정으로 그 말만 남기더니 언니는 남자의 손을 다시 잡고 뒤돌아섰다. 고은도 유림이 있는 곳으로 걸어갔다.

말은 똑바로 해야지. 학원에 빠진 나를 언니가 봐주는 게 아니라 남자친구가 있다는 걸 숨긴 언니를 내가 봐주는 거 아닌가.

기사님이 버스 문을 열어 주자 언니는 남자와 함께 잽싸게 버스에 올라탔다. 고은을 비롯한 아이들도 차례로 자리에 앉았다. 고은은 유림 옆에, 한솔은 태윤 옆에, 지후는 하은 옆에 앉았다.

문이 닫히고 버스가 천천히 출발했다. 고은은 고개를 살짝 돌려 뒷좌석에 앉은 언니와 남자를 훔쳐보았다. 언니는 환하게 웃으며 남자와 말을 주고받고 있었다. 언니한테도 저렇게 환한 미소가 있었구나. 그런데 왜 언니는 나한테 웃어 준 적이 없을까. 내가 뭘 잘못했길래 그럴까. 딱히 잘못한 게 있는 것 같진 않은데.

창가에 앉아 창밖을 바라보는 유림은 잔뜩 들뜬 얼굴이었다. 대각선 앞쪽에 앉은 지후의 뒤통수를 보는데 핸드폰이 울렸다. 하은이었다. 고은은 하은의 톡을 확인하자마자 눈을 질끈 감았다. 어쩐지 비참한 기분이 들었다. 여행을 떠날 때마다 느꼈던 설렘과 흥분은 이미 자취를 감춘 뒤였다.

얼마나 단단할까

버스 안은 어수선하고 떠들썩했다. 조용한 분위기를 기대했던 봄이는 무리의 중심에 있는 고은의 뒤통수를 살짝 노려봤다.

엄마 아빠한테 곧장 일러바치는 건 아니겠지? 지도 학원 보강 빼먹고 가는 거면서 설마 그러겠어?

봄이는 마음을 다잡았다. 준기와 떠나는 첫 여행이었다. 고은이나 끊임없이 조잘거리는 중딩들 때문에 망치고 싶지 않았다.

"우리 뭐 먹을까?"

그런 봄이의 마음을 알아차린 듯 다정한 목소리로 준기가 물었다.

"회덮밥 먹을까?"

좋아.

"막국수 먹을까?"

좋아.

"아니다, 너 회 좋아하지?"

봄이가 입꼬리를 올려 미소 지으며 대답했다.

"다 좋아."

"먹는 얘기하니까 벌써 배고프다."

준기가 제 배를 어루만지더니 봄이를 보며 싱긋 웃었다. 웃을 때 준기에게는 보조개가 생긴다. 양쪽이 아니라 한쪽에만. 그 보조개가 얼마나 사랑스러운지 언젠가는 이야기해 줘야겠다고 봄이는 생각했다.

버스가 고속도로에 진입했다. 창밖으로 푸른 나무들이 보였고 버스는 규칙적인 속도로 나아갔다. 어수선한 분위기도 조금 가라앉는 듯했다.

"봄아, 내가 너 좋아하는 거 알지?"

"그럼."

가끔 준기는 당연한 것을 물었는데 봄이는 그게 싫지 않았다. 당연하다고 생각하는 것을 질문해 주는 사람이 있으면 깨닫게 된다. 아, 그거 당연하지 않을 수도 있는 거구나. 세상에 당연한 건 아무것도 없을 수도 있구나.

"있지 봄아, 너도 나 좋아하지?"

뭐라고 대답해야 준기가 기뻐할까. 믿음이나 사랑 같이 눈에 보이지 않는 것을 수치화해서 보여 줄 수 있다면 얼마나 좋을까. 할 수만 있다면 봄이는 제 심장을 꺼내 준기에게 보여 주고 싶었다.

봄이가 대답을 망설이는 사이 준기는 또 다른 질문을 던졌다.

"봄아, 돈을 벌려고 몰려든 운석 사냥꾼들이 왜 실패했는지 알아?"

"글쎄."

"그 사람들 마음속에는 사랑이 없거든. 난 말이야, 우리가 운석을 만질 수 있을 거라고 확신해. 우리는 서로를 200퍼센트 사랑하니까. 운석은 우리 거야."

어제 저녁 봄이는 엄마와 함께 백화점에 갔다. 엄마는 전골 냄비를 봐야 한다고 했다. 냄비를 비롯한 주방 기구는 10층에 있었다. 에스컬레이터를 타고 올라갔다. 깨끗하고 정돈된 매장에서 주인을 기다리고 있는 주방용품들을 보는 일은 언제나 기분 좋다. 엄마가 냄비를 보는 사이 봄이는 토스터와 믹서가 진열된 곳을 지나 그릇 코너로 발걸음을 옮겼다. 매끈하게 잘 다듬어진 박달나무 수저가 눈에 들어왔다. 대추나무로 만든 수저에도 마음을 빼앗겼다. 어떤 나무인지에 따라, 나뭇결에 따라 수저의 색깔이 오묘하게 달라진다는 사실이 매혹적이었다.

봄이가 수저를 만져 보다가 내려놓았을 때 한 커플이 다가와 수저를 집었다. 무척 다정해 보이는 커플이었다. 신혼부부일까? 그들을 보며 봄이는 준기와 함께 주방용품을 둘러보는 모습을 잠깐 상상해 봤다.

나무 수저의 종류와 길이를 꼼꼼히 따지던 남자가 곁에 서 있는 여자에게 조용히 속삭였다.

"단단할까?"

직원이 노련하게 끼어들었다.

"식사용이라 요리를 하거나 딱딱한 아이스크림을 푸면 부러질 수 있어요. 단단한 걸 찾으시면 이 상품이 좋아요."

직원이 고동색 나무 수저를 내밀었다.

"아, 그래요?"

여자가 건조하게 반문했다. 눈빛에 이런 말이 주렁주렁 매달려 있는 것 같았다. 그 정도로 약하단 말이야? 가격이 이렇게 비싼데?

커플은 수저를 내려놓고는 다시 손을 잡았다. 미련 없이 다른 제품을 구경하러 발길을 떼는 커플의 뒷모습을 바라보며 봄이는 생각했다. 꽉 마주 잡고 있는 저들의 손은 얼마나 단단할까? 한 사람이 실직을 해도, 병에 걸려도, 외모가 달라져도 지금 붙들고 있는 저 손을 영원히 놓지 않을까?

그 질문은 부메랑이 되어 봄이에게 날아들었다.

그렇다면 준기와 나는? 우리 사이는 얼마만큼 단단할까?

경림의 목소리가 불쑥 떠올랐다.

'가해자 명단에 네 남친이 있었어.'

그럴 리가 없다. 얼마나 다정한 사람인데. 얼마나 섬세한 사람인데. 세상에 준기라는 이름은 차고도 넘친다.

"이걸로 볶음밥을 했더니 여기가 깨졌다니까요."

커플을 상대했던 직원 앞에 새로운 손님이 나타났다. 직원은 숟가락의 깨진 부분을 골똘히 들여다보다가 눈웃음을 지으며 말했다.

"죄송합니다, 고객님. 그렇지만 사용하실 때 생긴 문제라 환불은 어렵습니다."

손님과 직원의 실랑이가 이어졌고 봄이는 그들로부터 멀어지고 싶다고 생각했다.

"무슨 생각해?"

준기가 봄이의 손을 잡으며 물었다. 그 덕에 봄이는 현실로 돌아왔다. 준기의 손은 오늘도 따뜻했다. 버스는 여전히 도로 위였다. 고은을 비롯한 중딩들은 빵을 나눠 먹느라 바빠 보였다.

"우리 휴게소에서 뭐라도 먹을까?"

준기가 물었다.

"그러자."

속에서 조용히 꿈틀거리는 의심의 싹을 물리치고 싶어 봄이는 준기와 맞잡은 손에 힘을 줬다. 준기의 손을 더 세게 잡고 싶었다. 그 사이에 조금의 공간도 허용할 수 없다는 듯이. 가끔 사랑의 크기를 자로 잴 수 없다는 사실이 안타까웠다. 내가 준기를 사랑하는 마음과 준기가 나를 사랑하는 마음이 비슷한지 알고 싶었다.

그걸 확인할 길이 없으니 준기의 눈을 지그시 바라본다. 지금 잡은 손을 더 꽉 쥐어 본다. 준기의 어깨에 머리를 기댄다. 그래서 준기의 숨소리에 귀를 기울인다. 지금 이 순간이 영원히 지속되면 좋겠다는 불가능한 꿈을 꾼다.

로미오와 줄리엣보다 슬픈 이야기

사람들이 다 타고 버스 문이 닫히자 한솔의 입에서 긴 날숨이 새어 나왔다. 휴. 서연이네 반 애들은 다른 버스를 타는구나. 아빠한테 빌려 온 선글라스를 벗으며 한솔은 복잡한 마음이 되었다. 서연을 보러 양양에 가면서 서연과 같은 버스를 타고 싶지 않은 이 심리는 대체 뭘까. 한솔은 고개를 절레절레 저었다. 요즘 들어 자신이 너무 낯설었다. 머릿속에 떠오르는 생각이나 감정을 종잡을 수가 없었다.

버스가 고속도로에 들어서자 옆에 앉은 태윤이 부스럭거리기 시작했다. 한 아름 안고 온 봉지를 열자 구수하고 향긋한 빵 냄새가 삽시간에 퍼졌다. 그 냄새를 맡은 사람들은 동시에 태윤이 안고 있는 빵 봉지를 바라보았다. 한솔은 킁킁거리며 고소한 냄새를 들이마셨다. 허기가 확 올라오면서 긴장이 풀렸다. 오, 빵 냄새가 이렇게 좋은 거였구나.

"무슨 빵 줄까?"

"아무거나."

태윤이 한솔에게 빵 하나를 내밀었다. 한솔은 포장지를 벗겨 빵을 크게 한 입 베어 물었다. 고소하고 짭조름했다. 빵이 입안에서 녹아 사라지는 느낌이었다.

"이 빵 뭐야?"

"크루아상. 프랑스어로 초승달이라는 뜻이래."

한솔은 빵을 뜯어 먹느라 바빴고 태윤은 그런 한솔을 가만히 보기만 했다. 그러더니 태윤은 아이들에게 빵을 하나씩 나눠 주기 시작했다. 한솔과 마찬가지로 배가 고팠던지, 아이들은 신나게 빵 봉투를 뜯었다. 특히 고은의 단짝 유림은 빵을 게 눈 감추듯 먹어 치웠다.

"와, 맛있다."

"땡큐."

아이들이 저마다 한마디씩 태윤에게 던졌다. 그런데 정작 빵을 잔뜩 사 온 태윤은 입에도 대지 않았다.

"넌 왜 안 먹어?"

한솔이 남은 빵을 입에 넣으며 물었다.

"난 못 먹어."

"뭔 소리야?"

"버스에는 화장실이 없으니까."

한솔은 손에 묻은 빵 부스러기를 탈탈 털은 뒤에야 태윤 쪽으로 몸을 돌렸다.

"에?"

태윤은 슬픈 눈으로 자기가 안고 있는 빵 봉지를 내려다봤다. 한솔은 입에 남은 빵을 꿀꺽 삼켰다.

"유당불내증 들어 봤어?"

"아니."

"그거 있는 애들은 우유 마시면 안 돼. 우유를 잘 소화할 수 없거든. 그런 거랑 비슷한 거야."

"너 학교에서는 빵 입에 달고 살잖아."

말을 해 놓고 한솔은 아차 싶었다. 한솔이 보기에 태윤의 눈빛이 아까보다 몇십 배는 더 슬프고 서러워졌기 때문이다.

"각오하고 먹는 거야."

"각오?"

"어떤 증상이 나올지는 빵 종류에 따라, 그날 컨디션에 따라 다르거든. 피부가 가려울 때가 있고, 설사가 날 때도 있고, 막 졸릴 때도 있어. 가장 골 때리는 게 설사니까 오늘은 먹을 수 없지."

분명 아까까지만 해도 생생했던 빵 냄새가 벌써 자취를 감쳤다. 한솔은 빵을 맛있게 먹는 아이들을 힐끔 보다가 손으로 이마를 짚었다.

"너 그래서 그렇게 화장실을 자주 가는 거야?"

평소 태윤은 학교에서 빵을 달고 살았다. 동시에 쉬는 시간마다 화장실에 가는 걸로 유명했다. 그 두 가지 사실이 이렇게 연결되리라고는 생각해 본 적 없는 한솔이었다.

"그럼 그냥 먹지 마."

태윤은 고개를 숙이더니 서글픈 미소를 지었다.

"그럴 수가 없어."

대체 왜? 빵이 뭐라고? 빵 말고도 맛있는 게 많잖아? 한솔이 차마 뱉지 못한 말들이 입안에서 바글거렸다.

"빵집에 가잖아, 거기서 빵 냄새를 맡으면 진짜 행복해. 비주얼은 또 얼마나 아름다운지. 나를 데리고 가라고, 절대 후회하지 않을 거라고 아우성을 치는 것 같아. 안 살 수가 없어. 사면 안 먹을 수가 없고. 몸이 아플지언정."

한솔은 캡 모자를 휙 벗어 들러붙은 머리카락을 손가락으로 헤집었다. 이거 어마어마하게 슬픈 이야기네. 동시에 엄청난 사랑 이야기고. 죽도록 사랑하는데 먹을 때마다 몸이 아프다. 그걸 알면서도 사랑하기에 먹는다. 그러면서 조금씩 몸이 축나는 것을 각오한다.

"그리고 빵 맛은 얼마나 다양한지. 같은 맛을 내는 게 없어.

오늘 마들렌을 먹으면 내일은 스콘을 먹고 싶고, 모레는 브라우니를 먹고 싶은 거야. 내가 제일 좋아하는 건 샌드위치인데, 이것도 어떤 빵을 쓰느냐에 따라 맛이 다르잖아. 기분에 따라 고르는 거지. 식빵, 치아바타, 바게트 중에 말이지."

건너편 자리에 앉은 고은이 한솔과 태윤이 어떤 대화를 나누고 있는지 모른 채 물었다.

"빵 남았어?"

'빵'이라는 단어에 태윤이 얼른 대꾸했다.

"그럼. 더 줄까?"

"응. 옆에 아가씨가 먹는 데 진심이라."

태윤이 봉지에 남은 빵을 통째로 내밀었고 고은의 옆자리에 앉은 유림은 꺄악꺄악 조용히 소리 질렀다. 한솔은 고개를 절레절레 흔들었다. 이제 태윤에게 남은 빵은 없었다. 텅 비어 버린 봉지 때문일까. 태윤은 좀 외로워 보였다. 그 순간 한솔은 깨달았다. 자신 또한 녀석 못지않게 외롭다는 사실을.

"빵 만드는 사람이 되고 싶은 거야?"

이번에는 태윤이 고개를 저었다.

"아니. 그냥 빵이 좋은 거야. 아직 뭐가 되고 싶은지는 모르겠어."

태윤과 대화를 나누는 동안 한솔은 서연을 생각했다. 더 정확히 말하면 서연과 자신의 관계를. 태윤이 빵을 사랑하지만 빵은 태윤의 몸을 사랑하지 않듯이, 자신이 아무리 서연을 사랑해도 그 애가 자신을 사랑할 것 같진 않았다. 그걸 머리로는 아는데 왜 서연을 향한 마음을 멈출 수 없는 걸까. 이루어질 수 없는 사랑 이야기. 애초에 한 방향으로만 흘러 끝끝내 만날 수 없는 감정에 관한 이야기. 서로가 원수의 가문인지도 모르고 사랑에 빠져 버린 『로미오와 줄리엣』보다 더 슬픈 이야기.

한솔은 운석을 생각했다. 보기만 해도 사랑이 이루어진다는 우주의 조각. 운석을 보면, 운이 좋아 만질 수 있기까지 하면 이 사랑이 이루어질지도 몰라. 종잡을 수 없이 널을 뛰는 내 마음처럼 서연의 마음도 예측 불가능할지 몰라. 어제는 그 녀석을 좋아했지만 오늘은, 혹은 내일은 나를 좋아할지도 몰라.

궤도가 다른 두 소행성

— 내가 사랑의 큐피드 되어 줘? 정지후랑 너 엮어 줘?

하은의 톡은 고은에게 이렇게 말하고 있었다. 정지후가 너한테 관심 1도 없는 것 같은데 내가 힘 좀 써 줘? 이고은, 실은 별거 없구나?

고은은 대각선 끝자리를 노려봤다. 뭐라도 있어야 노려보는 맛이 있는데 하은은 키가 작아 뒤통수조차 보이지 않았다. 하는 수 없이 하은 옆자리에 앉은 지후를 노려봤다. 애초에 네가 내 고백을 받아들였다면 이렇게 수치스러운 톡을 받을 이유가 없었을 텐데. 아니, 애초에 내가 너를 만나지 않았더라면, 그래서 너를 좋아하는 일이 없었더라면 황하은의 도움 따위 받을 일조차 없었을 텐데.

"그만 좀 하시지."

유림이가 빵 조각을 입에 욱여넣으며 말했다.

"뭘?"

"그러다 재 대갈빡에 빵꾸 나겠다."

"우주를 사랑하는 과학자답게 말 좀 곱게 쓰지."

"과학자들이 말 곱게 쓴다고 누가 그러는데?"

우걱우걱 빵을 씹어 먹으면서 말을 내뱉는 유림이까지 꼴 보기 싫었다. 아, 이러다가 사랑의 화신 이고은, 미움의 화신이 되는 거 한순간일지도.

"생각할수록 화나잖아."

지후가 들을까 봐 고은은 목소리를 한껏 낮춰 유림의 귓가에 속삭였다.

"나를 대놓고 무시하는 사람은 재가 처음이라고."

"재가 언제 널 무시했는데?"

"고백했는데 쌩깠잖아."

"이봐, 이고은 씨. 그런 걸 정중한 거절이라고 하는 거야. 쌩까는 게 아니라."

대부분의 사람들은 고은의 미소와 친절에 약했다. 또 대부분의 사람들은 잠깐 이야기를 나누면 어떤 사람인지 대강 감이 잡혔다. 어떤 사람은 이야기를 잘 들어 주기만 해도 마음을 열었고 어떤 사람은 칭찬에 약했다. 어떤 사람은 적당한 조언을 원했고 어떤 사람은 무조건 자기 편이 되어 주기를 원했다. 그런데 정지후, 얘는 어떤 캐릭터인지, 무엇에 약한지 도통 모르겠다. 약점을 알아야 파고들 텐데 약점은커녕 어떻게 해야 대화를 이어 나가고 더 친해질 수 있는지도 모르겠다. 책을 어마어마하게 많이 읽는다면 조금은 가능한 일이겠지만 평생 책과 친하게 지낸 적이 없는데 이제 와 어쩌라고.

고은은 유림이 먹고 있는 빵을 조금 뜯어 먹었다. 그러자 유림이 도끼눈을 뜨며 고은을 째려봤다.

"여기까지 온 거 보면 나한테 조금이라도 마음이 있는 거 아닐까?"

"네가 협박했다며."

"헐, 내가?"

"오늘 안 나타나면 앞으로 학교생활 피곤해질 거라고 했다며."

끙. 고은은 후회했다. 앞으로는 절대 모든 것을 유림이한테 털어놓는 어리석은 짓 하지 말아야지, 라고 다짐했지만 이 다짐이 얼마나 갈지 자신조차 확신할 수 없었다.

"너 요즘 진짜 이상해. 내가 알던 이고은이 아니라고."

유림은 고은을, 고은은 지후를 한참 동안 째려보았다. 유림이 말이 사실일까? 정지후 때문에 내가 슬슬 미쳐 가고 있는 걸까? 이대로 맛탱이가 가 버려서 유림이마저 진절머리를 내며 나를 떠나려나?

“궤도가 너무 달라.”

유림이는 마지막 빵 조각을 야무지게 입에 넣으며 말했다.

“궤도가 다른 두 소행성은 마주칠 일이 없지. 평생.”

과학자를 꿈꾸는 아이답게 논리적인 고유림. 감정보다는 이성을 중시하는 고유림. 오늘따라 지나치게 T만 쓰는 고유림. 하지만 그 때문에 누구보다도 고은이를 잘 파악하고 있는 고유림. 아무렇지도 않게 너희 둘은 절대로 이루어질 수 없으니 얼른 다른 소행성을 찾아보는 게 어떠냐고 말해서 지금 이 일이 별거 아닌 일로 느껴지게 하는 데 일가견이 있는 고유림.

태어나 처음으로 짝사랑을 하고 있는 친구에게 빵 한 조각도 양보하지 않을 정도로 식탐이 강한 고유림을 미워하고 싶지 않았다. 지금 고은은 정지후를 미워하는 일에 전력을 다하고 싶었다.

“헐, 누가 운석을 만졌대!”

태윤의 목소리였다.

“대박!”

이건 태윤 앞자리에 앉은 하은의 목소리였다.

고은과 유림은 손바닥에 묻은 빵 부스러기를 털어 내고 각자의 핸드폰을 들여다봤다. 운석을 만졌다는 기사는 이미 SNS에서 빠르게 퍼지는 중이었다.

〈XX 중학교 학생 A, 화산처럼 뜨거운 운석을 집어 들다〉

고은이 기사를 훑어보는 동안 유림은 기사의 내용 중 일부를 소리 내 읽기 시작했다.

"전문가들은 운석을 만진 사람이 중학생이라는 사실에 집중하고 있다. 수많은 성인들이 실패한 것과 달리 이번 주말부터 몰려들기 시작한 청소년 중 한 명이 운석을 들어 올렸다는 사실은……."

고은이 생각에 빠질수록 유림의 목소리는 점점 작아졌다. 중학생 애가 운석을 만지는 데 성공한 것과 달리 수많은 어른들은 실패만 했다. 그렇다면 애초에 어른들은 이 운석을 만질 수 없다는 뜻 아닐까? 만약 그게 사실이라면 왜일까? 어떤 일에든 감정적이고 공감부터 하는 F 고은과 달리 T로 완전 무장한 유림이라면 이 이상한 현상을 논리적으로 설명할 수 있지 않을까?

궤도가 다른 두 소행성. 고은은 빵을 먹는 둥 마는 둥 하는 지후의 뒤통수를 쏘아보았다. 네가 나와 다른 캐릭터인 거 인정. 궤도가 다른 것도 인정. 그렇지만 굴복할 수 없다면? 네가 나를 좋아하는지 싫어하는지 무관심인지 그건 모르겠고, 나는 너를 좀 더 좋아하기로 결정한다면?

그럼 정지후, 너 어쩔 건데?

롤 모델을 정해야 한다면

하은은 계속 옆에 앉은 지후를 살폈다. 예전부터 이름은 알았지만 존재감이 제로라 별명을 붙여 준다면 '제로'라고 부르고 싶은 녀석답게 아무런 특징이 없다. 애들이 저마다 자기가 좋아하는 빵을 골라 먹을 때도 녀석은 가만히 앉아 있었다. 빵보다도 책을 읽고 싶은 눈치였는데, 버스가 좀 흔들리기도 하고 여기까지 와서 책을 읽고 있으면 이고은이 뭐라고 할까 봐 몸을 사리는 눈치였다.

동경하는 사람. 예전부터 하은은 고은을 좀 동경했다. 고은은 하은의 존재를 몰랐겠지만 하은은 고은을 잘 알았다. 같은 초등학교를 나왔고 고은은 유명했으니까. 동경한다는 말과 존경한다는 말에 어떤 차이가 있는지 모르겠지만 존경까지는 아니고 동경이 딱 적당하다는 생각이 들었다.

하은이 고은을 동경하게 된 건 순전히 언니 때문이었다. 나중에 알게 된 사실이지만 하은의 언니는 학교에서 '스따'였다. 스스로를 따돌리는 사람. 자발적 왕따라고나 할까. 언니는 같은 반 애들에게 거리를 두면서 뭐든 혼자 했다. 반 애들도 언니한테 딱히 관심이 없었는지 언니를 괴롭히거나 건드리지 않았다. 언니 말로는 운이 좋았단다. 반 애들을 잘 만나서 그렇지, 아니었으면 분명히 딴지를 걸거나 괴롭히는 애를 한두 명쯤 만났을 거라나.

언니를 가만히 내버려 두지 못하는 쪽은 애들이 아니라 선생들이었다. 하루는 담임이 언니를 불러 이렇게 말했다.

"하선아, 누구에게나 친구가 필요하단다. 지금 너는 친구가 두려운 거야. 친구한테 마음을 주고 나면 상처를 받거나 네 자신이 무너질까 봐 말이지."

그런 건가. 언니는 잠깐 고민해 봤지만 끝내 그 말에 동의할 수 없었다. 애들한테 미움을 받거나 상처를 받을까 봐 두렵다기보다는 그냥 귀찮다는 게 솔직한 마음이었으니까. 사람과 친해지는 일, 사람과 사람 사이에 마음을 주고받는 일, 서로의 의견을 조율하는 일이 다 귀찮았다. 그에 비하면 혼자 있는 건 편하고 가볍게 느껴졌다. 내가 괜찮다는데 왜 그걸 문제시하고 잔소리를 하는 걸까 싶어 언니는 담임의 참견이 굉장히 성가셨다고 한다.

언니는 오히려 친구 없이 하루도 못 견디는 애들보다 혼자서도 잘 지내는 스스로가 더 강하다고 생각한 모양이다. 그러던 언니가 SNS를 시작하면서 달라졌다. 한마디로 말해 '스따'였던 언니는 핸드폰만 손에 쥐면 인싸가 되었다.

SNS에는 수많은 사람들이 있었고 그만큼 다양한 모임이 있었다. 언니는 러닝 크루에 들어가 그들이 나누는 대화를 구경했고, 아이를 키우는 젊은 엄마들 모임에 껴서 유기농 간식거리에 대한 흥미진진한 정보를 얻었고, 유튜브로 유명해진 약사의 팬 모임에 껴서 마그네슘과 칼슘이 들어 있는 영양제를 합리적인 가격에 구매했다. 같은 연예인을 좋아하는 사람들과 돈을 모아 기부를 했고, 조회 수 대박을 기록한 웹 소설을 함께 읽으며 다음 편 스토리를 예측했고, 귀농을 준비하는 사람들 사이에 껴서 요즘 핫한 귀농지의 땅값에 관한 정보를 얻었다.

그렇게 언니는 온라인 세계에서 완전히 다른 사람이 되었다. 친구 목록에 사람이 1000명이 넘어가면서 언니는 표정부터 달라졌다. 예전처럼 어떤 감정도 읽을 수 없는 얼굴이 아니었다. 마치 세상을 전부 가진 사람처럼 호탕하게 웃었고, 전쟁에서 승리한 장군처럼 의기양양해 보였다.

하루는 언니한테 말했다. 언니 요즘 자주 웃는 거 아느냐고.

예전이랑 많이 달라진 것 같다고. 언니는 핸드폰에서 잠시도 눈을 떼지 않은 채 하은에게 대답했다.

"그래? 하여튼 좋아. 이 많은 사람들을 직접 만날 필요가 없다는 게. 느슨한 사이인데 또 필요한 이야기만 하는 거지. 그게 겁나 좋아."

하지만 하은이 보기에 언니는 좀 외로워 보였다. 자발적 왕따를 자처하고 반 애들과 거리를 두었을 때도, 고등학교를 졸업한 후 SNS 세계에서 아는 사람이 1000명 넘게 생겼을 때도.

언니는 즉석 떡볶이를 좋아하는데 그걸 같이 먹으러 갈 친구는 없었다. 함께할 친구가 없으니 외출도 잘 하지 않았다. 언니는 핸드폰으로 모두와 연결되어 있었지만, 동시에 아무하고도 연결되어 있지 않았다.

한번은 이런 일도 있었다. 집 밖으로 잘 나가지 않는 언니가 웬일로 편의점에서 소주와 과자를 사 왔다. 무슨 일인가 싶어 하은이 주의를 기울이자 언니는 별일 아니라고 했지만 하은이 보기에 별일 아닌 게 아닌 것 같았다. 느슨한 사이에 불과한 사람 때문에 속상한 일이라도 생겼는지 언니는 방에서 혼자 소주를 마시기 시작했다. 무슨 일이 있는 건지, 어떤 마음인 건지 알 수 없었으나 홀로 병나발을 부는 언니는 정말이지 몹시 외로워 보였다.

그런 언니 반대편에 이고은이 있었다. 고은은 핸드폰을 할 시간에 애들을 만나 말을 걸었다. 쉬는 시간마다 고은의 자리로 아이들이 몰려들었다. 누가 화제를 던지면 고은은 맞장구쳤고 분위기는 금세 화기애애해졌다. 고은의 행동 하나하나가 주변 애들에게 따스한 온기를 전해 주는 느낌이었다.

롤 모델을 정해야 한다면 당연히 언니가 아니라 이고은이었다. 하지만 사람에게 사랑받는 것도 타고나는 걸까. 하은은 자신이 고은보다 언니를 더 닮았다는 사실을 금방 깨달았다. 하은 역시 언니처럼 핸드폰만 있으면 천하무적이었지만, 사람들과 실제로 만나 이야기를 재미있게 나누거나 적당히 대꾸하는 것에는 약했다. 좋아하는 것과 잘하는 것이 다르다고나 할까. 인생에는 참 인정하고 싶지 않은 슬픈 사실이 많다.

고은을 동경하지만 그 애처럼 될 수 없으니 하은은 대신 애들에게 필요한 사람이 되기로 했다. 그러기 위해서는 엄청난 정보력이 필요했는데, 정보를 모으고 분류하고 관리하는 일은 어렵지 않았다. 상대방이 무엇을 좋아하고 그 사람과 어떤 이야기를 나눠야 분위기가 부드러워지는지 파악하는 일에 견준다면 몇십 배는 쉬웠다.

어쨌든 동경해 마지않는 이고은이 사랑에 빠져 있는 아이가 지금 옆자리에 앉아 있다. 하은이 정지후에 관해 알고 있는 정보는 고은에게 알려 준 것이 전부였다. 정보를 더 모으고 싶다면? 이런 경우에는 보통 정지후와 친한 애들에게 물어보는 게 가장 빠른데 이 녀석은 책 말고는 친한 게 없었다.

하은은 이 기회를 이용해 정지후가 어떤 아이인지 좀 더 파고들고 싶었다. 고은처럼 적재적소에 괜찮은 질문을 던질 자신이 없으니 직구로 승부를 보는 것이 낫지 않을까 싶었다.

“정지후, 너 운동해?”

그사이 깜박 잠들었는지 고개가 앞으로 고꾸라지기 시작한 녀석에게 기습적으로 물었다.

“뭐?”

어쭙잖게 찾아온 잠이 확 깼는지 녀석은 눈을 끔벅였다.

“너 팔 말이야. 운동하는 팔 같아서.”

정지후는 자기 팔을 남의 팔처럼 잠깐 내려다보다가 무심히 대답했다.

“아, 철봉 있으면 턱걸이 하는 정도.”

“오, 운동도 하는구나. 책만 들입다 보는 줄 알았더니.”

녀석은 가방에서 생수병을 꺼내 물을 한 모금 마셨다.

“책을 읽고 글을 쓰려면 체력이 중요하댔거든.”

“누가?”

“내가 좋아하는 소설가가.”

아, 무라카미 하루키? 그렇게 대꾸하고 싶은 걸 하은은 간신히 참았다. 너무 다 아는 척하지 말기. 상대방이 나를 속속들이 아는 것 같으면 좀 소름 돋을 수도 있으니까. 이건 언니한테 배운 노하우다.

"하나만 더 묻자. 책이 왜 좋냐?"

지후는 물병 뚜껑을 조용히 닫다가 하은을 돌아봤다.

"네가 핸드폰 좋아하는 거랑 같은 이유 아닐까?"

헉. 방심했다. 하은은 지후가 책밖에 모르는 특이한 또라이라고 지레짐작했는데 아닐 수도 있겠다는 생각이 들었다. 책을 많이 읽었으니 사람이나 세상일에 대해 고은이나 자신보다 더 많은 것을 알고 있을지도.

"마지막으로 하나만 더."

지후가 다시 하은 쪽으로 고개를 돌렸다.

"좋은 작가가 되려면 연애 경험은 필수라며?"

"누가 그래?"

"내가 아는 작가가."

거짓말이었다. 하은이 아는 작가는 무라카미 하루키가 전부였다. 그것도 정지후를 조사하다가 알게 된 작가에 불과했다. 그래도 하은의 말이 재미있었는지 지후가 피식 웃었다. 쟤도 웃을 줄 아는 사람이구나.

"꼭 모든 걸 직접 해 봐야만 잘 아는 건 아닐 수도."

뭐, 직접 경험과 간접 경험, 이런 걸 말하는 건가? 하은은 작은 한숨을 내쉬었다. 녀석을 얕잡아 본 게 실수였다. 수확이 제로였다. 지후에 대해 알아낸 것도 없었고 고은의 뜨거운 마음을 전달하지도 못했다. 지후는 다시 눈을 감았다. 책이 없다면 잠이다. 그렇게 결심한 사람처럼 눈을 질끈 감고 깊은 잠의 세계로 빨려 들어가는 듯했다.

학폭 기사의 파문

홍천 휴게소를 알리는 표지판이 보이기 시작했다. 휴게소에서 뭘 사 먹을까. 기대에 들떠 있는데 전화가 왔다. 경림이었다.

“너 지금 남친이랑 같이 있어?”

경림의 목소리에 걱정이 묻어 있었다.

“응. 무슨 일 있어?”

“톡 보낼게. 남친 몰래 봐.”

몰래? 무슨 일인데 이러는가 싶어 궁금증이 일었다. 곧 톡이 도착했다. 봄이는 꾸벅꾸벅 졸고 있는 준기를 힐끔거리며 톡을 확인했다.

— 네 남친 이름 윤준기 맞지? 예전에 얘기했던 거 기사로 떴어.

알림이 연달아 울렸다. 봄이는 경림이 보내 준 기사와 캡처 사진을 하나씩 확인했다. 1년 동안 학폭에 시달린 B가 학교를 그만두고 정신의학과 치료를 받던 중 자살을 시도했고, 다행히 무사하다는 기사였다. 기사 링크 아래로 아이들이 톡방에서 가해자 명단을 공유한 걸 캡처한 사진이 주르륵 이어졌다. 명단에는 성까지 정확히 적혀 있었다. 봄이는 준기의 이름을 한참 동안 들여다봤다.

"곧 휴게소 도착합니다. 15분 후에 오세요."

기사님이 마이크에 대고 말했다. 그 소리에 준기가 눈을 뜨며 기지개를 켰다. 봄이는 잽싸게 핸드폰 화면을 껐다.

"봄아, 넌 안 잤어?"

"응. 내릴까?"

사람들이 차례로 버스에서 내렸다. 봄이도 준기와 함께 내려 휴게소로 걸어갔다. 준기가 여느 때처럼 다정하게 봄이의 손을 잡았다. 봄이는 그 손을 뿌리치지 않고 가만히 잡았다. 순간 가슴속에서 뜨겁고 묵직한 무언가가 아찔하게 가라앉는 기분을 느꼈다.

"우리 뭐 먹을까?"

준기는 아이처럼 들떠 있었다. 그런 준기를 봄이는 잠깐 돌아봤다. 섬세한 사람이다. 따뜻한 사람이다. 세상에서 가장 맛있는 음식을 나에게 주고 싶어 한 사람이다. 태어나 처음으로

'내 사람'이라고 생각한 사람이다. 그런 사람이 어떤 사람을 괴롭혔다고? 그 사람을 지옥에 몰아넣었다고? 그리고 그 사람이 자살 시도를 했다고?

어느 쪽도 믿을 수 없었다. 이 이야기를 전해 준 경림도, 준기가 가해자라고 확신하며 떠드는 애들의 톡도, 지금 눈앞에 서 있는 준기도.

"준기야."

준기가 "어?" 하며 걸음을 멈췄다.

"너 작년에 B랑 같은 반이었어?"

B의 이름을 듣자마자 준기는 미간을 찡그렸다. 봄이를 잡고 있던 준기의 손이 스르륵 풀렸다. 준기가 몸을 돌렸다. 봄이와 준기는 마주 선 자세가 되었고 사람들이 급한 발걸음으로 둘의 곁을 지나쳐 갔다.

"누구야?"

"뭐가?"

"너한테 B 이야기해 준 사람."

"지금 그게 중요해?"

준기는 앞머리를 홱 넘기면서 낮은 한숨을 내쉬었다. 봄이는 준기와 눈을 마주치려고 애썼다. 준기의 눈빛에서 자신이 좋아하던 따스함과 귀여움을 찾고 싶었지만 지금 그의 눈빛은 따스하지도, 귀엽지도 않았다.

"누구한테 무슨 얘길 들었는지 모르겠지만, 아니야. 그거 다 거짓말이야."

준기가 한 걸음 다가와 봄이의 손을 다시 잡았다.

"봄아, 너 나 좋아하잖아."

자신을 좋아하느냐는 준기의 질문에 봄이는 가슴이 터질 정도로 좋아해, 라고 대답했었다. 그런데 준기가 학폭 가해자라고 해도 계속 좋아할 수 있는 걸까? 경림이 보내 준 기사와 준기의 말 중에 자신은 무엇을 더 믿는 사람인 걸까?

"봄아."

자신의 이름을 부르는 준기의 목소리를 얼마나 사랑했던가. 그 목소리 때문에 좋아하지도 않던 이름을 이제야 간신히 좋아하게 됐는데. 봄이는 입 안쪽을 세게 깨물었다. 준기가 잡지 않은 손으로 핸드폰을 꺼내 다운받아 둔 캡처 사진을 찾았다.

"와, 인간들 존나 부지런하네."

봄이가 들이민 사진을 본 준기가 중얼거렸다. 봄이는 준기와 잡고 있던 손을 빼냈다. 준기는 방금까지 봄이 손을 잡았던 제 손을 주머니에 넣으며 삐딱한 자세로 섰다.

"이걸 보여 주는 거 보니 어차피 넌 날 안 믿는 모양이구나."

이제 봄이는 심장이 타들어 가고 다리가 후들거리기 시작했다.

"한마디만 하자."

준기가 봄이 앞으로 한 발 더 다가섰고 봄이는 한 걸음 뒤로 물러섰다.

"주동자는 내가 아니야. 진짜 나쁜 놈은 따로 있다고. 반에 악마 같은 새끼가 한 명 있었는데 걜 말리지 않은 것뿐이야. 내 말 믿든 안 믿든 그건 네 맘인데 제대로 알고나 있으라고."

준기가 얼굴을 찌푸렸다. 그러자 봄이가 알고 있던 따뜻한 얼굴은 사라졌다. 처음 보는 험상궂은 표정이 낯설었고 봄이를 두렵게 만들었다. 봄이는 남은 용기를 짜내 겨우 입을 열었다.

"나한테 시간을 좀 주면 좋겠어. 오늘은 여기서 헤어지자."

준기가 미간을 일그러뜨렸다. 남은 말을 마저 하려는데 어딘가에서 시선이 느껴졌다. 봄이는 멀찌감치 떨어진 곳에서 자신과 준기를 바라보며 서 있는 고은을 알아차렸다. 고은을 소리쳐 부르고 싶은 마음과 싸워야만 했다. 누구라도 좋으니 지금 당장 손을 잡아 줄 사람이 필요했지만, 홀로 끝까지 버텨야 한다는 생각이 더 컸다.

"양양은 갈 건데 혼자 가고 싶어. 난감하겠지만 그렇게 해 줘. 부탁이야."

봄이는 고개 숙여 부탁하는 자세를 취하려는 자신과도 싸워야만 했다. 왜 나는 이런 상황에서도 공손함과 예의를 버리지 못하는 걸까. 준기에게 화도 제대로 내지 못하는 자신이 한심했다.

"그렇게 해."

준기는 그 말을 남기고는 뒤돌아섰다. 주머니에 손을 꽂은 채 먹을 것을 파는 코너로 어슬렁거리며 걸어갔다. 배가 고프니 뭐라도 먹자는 듯한 뒷모습에 봄이는 할 말을 잃었다. 가슴이 무너져 내리는 봄이와 달리 준기는 전혀 당황하지도, 긴장하지도, 슬퍼하지도 않았다. 그 사실이 송곳이 되어 봄이의 심장을 쿡쿡 쑤셨다.

시간을 확인하니 벌써 15분이 흘러 있었다. 주변을 살폈다. 아까 고은이 서 있던 자리에는 아무도 없었다. 봄이는 버스가 있는 곳으로 달려갔다. 자꾸만 눈물이 쏟아지려 했지만 참았다. 눈물까지 흘리면 고은이 걱정하거나 엄마한테 연락을 할 것 같았다. 눈물을 참는 일이 이토록 힘든 일인지 봄이는 처음 알았다. 믿었던 사람에게 실망하게 되면 심장이 쥐어짜듯이 아프다는 사실도 처음 알았다. 단지 한 사람의 손을 놓았을 뿐인데 마치 세상이 끝장나는 기분이 들었다. 봄이는 자꾸만 아찔해지는 정신을 겨우 붙든 채 달렸다.

꼬여 버린 자매의 역사

시동이 걸린 차가 부르릉댔다. 금방이라도 출입문이 닫힐 것만 같다. 혹시라도 버스가 출발할까 봐 고은은 큰 소리로 외쳤다.

"기사님! 아직 안 온 사람 있어요!"

잠시 후 출입문 앞에 실루엣이 어른거렸다. 언니였다. 그런데 혼자였다. 언니는 얼이 나간 얼굴로 버스에 올라탔다.

"이제 다 온 거죠?"

기사님이 묻자 언니는 당황하지 않고 대답했다.

"제 옆자리 사람은 일이 생겨서 갔어요."

"여기서요? 다시 서울 가려면 고생깨나 해야 할 텐데."

기사님이 시큰둥하게 말하며 출입문을 닫았다. 언니는 천천히 버스 안쪽으로 걸어 들어갔다. 고은은 망설였다. 언니와 눈을 마주쳐야 하는지, 말을 걸어야 하는지 고민했다. 언니는 아랫입술을 꽉 물면서 자리로 돌아갔다. 언니가 고은의 옆을 스쳐 지나갈 때 고은은 일부러 언니를 보지 않았다. 아까부터 언니가 뭔가를 간신히 참아 내고 있는 얼굴이라 말을 걸 수도 없었다.

"무슨 일이지?"

유림이 손끝으로 입술을 지그시 누르며 고은을 바라보았다.

"너네 언니 얼굴이 안 좋은데?"

유림은 몸을 돌려 뒤에 앉은 언니를 힐끔거렸다. 오늘따라 지나치게 T만 쓰는 고유림은 궁금해 미치기 일보 직전일 것이다. 무슨 일이 생기면 인과 관계를 낱낱이 파악해야 직성이 풀리는 유림과 달리 고은은 오로지 언니의 마음이 걱정되었다. 잠깐 본 것에 불과했지만 언니와 남친이 좋지 않은 일로 말다툼했다는 것쯤은 이미 눈치채고도 남았으니까.

지금까지 고은은 한 번도 봄이를 '언니'라고 부른 적이 없었다. 참 이상한 일이었다. 어떤 사람에게든 와락 다가가는 것에 자신이 있는데 언니한테만은 그렇지 않았다. 마치 언니와 자신 사이에 보이지 않는 투명한 막이라도 있는 기분이었다. 아무리 언니와 친해지려고 해도 막이 자신을 튕겨 내는 것 같았다. 그냥 조용히 짜져 있어, 이렇게.

"혼자 돌아온 거 보면 분명 남친이랑 다툰 건데."

"아, 조용히 좀 하지."

"넌 언니가 저런 표정으로 혼자 돌아왔는데 걱정도 안 돼?"

고유림 넌 걱정보다는 이유가 궁금한 거잖아. 안 그래? 솔직히 좀 걱정되는데 나보고 어쩌라고. 한 번도 친하게 지낸 적 없는 사람한테 당장 달려가 손을 잡아 주라고? "밥 먹어라.", "샤프심 있냐?", "내가 먼저 화장실 쓴다." 이런 대화만 나눈 사이인데 갑자기 다가가서 사근사근한 목소리로 "언니, 대체 무슨 일이야? 나한테 말해 봐, 응?" 이러라고?

"아, 그거네. 메뉴 고르다 싸웠네. 너네 언니는 소떡소떡을, 남친은 통감자를 먹겠다고 했는데 서로의 취향에 놀란 거지. 아니, 너 어떻게 그런 메뉴를 고를 수가 있어? 그러는 넌 어떻고? 아, 나 이런 인간이랑 못 사귀어. 우리 헤어져."

"너 그런 추리력으로 과학자 될 수 있겠니?"

"얘가, 먹는 취향이 얼마나 중요한데. 예를 들어 말이야, 육식주의자랑 비건이랑 사귈 수 있겠어? 우리 삼촌이 대파를 아예 안 먹거든. 대파가 들어간 음식은 무조건 안 먹어. 그래서 결혼은커녕 연애도 잘 못하잖아."

"먹는 얘기 좀 그만하시지."

고은의 잔소리에도 유림은 쫑알쫑알 말도 안 되는 싸움 스토리를 A부터 Z까지 열거할 기세였다. 그러거나 말거나 고은은 여전히 망설였다. 언니한테 가 볼까, 말까. 말을 걸어 볼까,

말까. 고개를 돌려 뒷좌석을 보니 언니는 눈을 감고 있었다. 언니에게 물어보고 싶은 게 잔뜩 있었지만 막상 언니 곁으로 다가가면 무슨 말부터 해야 할지 감이 잡히지 않았다.

이봄. 무슨 일이야? 왜 남친 두고 혼자 왔어? 싸웠어? 그렇게 다정해 보이더니 갑자기 뭐 때문에? 남친이 거짓말을 했어? 큰 상처를 줬어?

언니에 관한 최초의 나쁜 기억은 아이스크림이었다. 어느 날, 언니와 아이스크림 하나를 두고 대치했다. 아이스크림을 다 먹은 건지 아니면 애초에 엄마가 아이스크림을 하나만 사 준 건지 모르겠지만, 아이스크림을 향한 전투는 치열했다. 언니는 거실에 있는 커다란 나무 상을 중간에 두고 빙빙 돌았고 고은은 언니를 쫓았다. 그러다 웬 심경의 변화였는지 어린 고은이 갑자기 상 위로 뛰어올랐다. 그 짧은 다리로 상을 뛰어넘을 수 있다고 잘못 생각한 것이다. 그러다가 꽈당.

아이스크림을 먹고 말겠다는 일념 하나로 멋지게 점프를 한 고은은 그날 바닥에 머리를 찧었고 병원에 갔다. 응급차에 실려 간 기억도, 의사를 만난 기억도 없다. 다만 누워서 어두컴컴하고 이상한 기계에 들어간 기억만 나는데 그게 MRI 촬영이었다는 사실은 나중에 엄마한테 들어서 알게 되었다.

그때부터였을까, 언니와의 사이가 꼬인 역사는. 고은은 두 살 어린 동생에게 아이스크림을 양보하지 않고 도망 다닌 언니에게 서운하고, 언니는 언니대로 어른들에게 심하게 야단을 맞아 짜증이 나고, 엄마는 아이스크림 하나 때문에 이 사달을 낸 자매를 보며 누가 여자애들 키우는 게 덜 힘들다고 한 건지 화가 나고…….

언니가 자기 이름을 마음에 들어 하지 않는 것 같다고 말해준 사람은 엄마였다. 그 말을 들었을 때 고은은 이해할 수 없었다. 고은은 자기 이름보다 언니 이름이 훨씬 더 좋았다. 봄이라는 이름에서는 향긋한 냄새가 난다. 따스한 햇살이 느껴진다. 봄나물 중 고은이 가장 좋아하는 달래의 알싸한 맛이 혀끝에 느껴지고, 고은이 좋아하는 노란색과 유채꽃이 떠오르고, 바람에 흩날리는 벚꽃이 눈앞에 어른거린다.

언니는 한 번도 물어본 적 없지만 만약 물어본다면 고은은 자신 있게 대답할 수 있었다. 여러 계절 중에 난 봄을 가장 좋아해. 이 따스한 계절에 태어난 언니가 부러워.

더불어 고은은 물어보고 싶었다.

언니는 어떤 계절을 가장 좋아해?

이야기의 주인공은?

휴게소에 갔다 오니 더는 잠이 오지 않았다. 지후는 가방에서 책을 꺼낼까 하다가 앞에 보이는 기사님을 관찰했다. 기사님은 이따금 사이드미러를 힐끔 보긴 했지만 거의 대부분은 앞을 주시했다. 차선을 거의 바꾸지 않아 핸들을 꺾을 필요도 별로 없어 보였다. 그래서인지 기사님은 약간 지루해 보였다. 기사님 눈빛을 보고 싶었는데 그러지 못해 좀 아쉬웠다.

작가에게는 관찰력이 전부라고, 사람을 잘 관찰해야 한다고 강조했던 작가가 누구였더라. 너무 많아서 꼽을 수가 없네. 소설가가 아닌 사람들까지도 자주 말했다. 광고 카피를 쓰든, 영화를 만들든, 배우를 하든, 창의적인 일을 하려면 관찰력이 좋아야 한다고.

지후는 어른이 되자마자 운전을 배우고 싶었다. 운전을 하는 동안 좋은 아이디어를 건지고 소설 구상을 끝냈다는 가브리엘 마르케스는 『백 년 동안의 고독』을 쓰고 노벨 문학상을 받았다. 하지만 자동차 하면 떠오르는 작가는 역시 레이먼드 카버다. 그는 아무도 없는 공간을 찾다가 차에서 글을 쓰기 시작했다. 출근 직전 좁은 차 안에 앉아 미친 듯이 글을 쓰는 작가의 모습을 상상해 본다.

관찰력 다음으로 중요한 것은 상상력 아닐까. 지후는 선글라스 속 기사님의 눈빛을 상상해 본다. 지루하거나 졸린 눈빛일까? 아니면 운전에 몰입하고 있는 진지한 눈빛일까? 상상의 영역이 점점 넓게 번져 간다. 만약 이 버스에서 살인 사건이 일어난다면? 범인은 어떤 방법으로 살인을 할까? 살인 도구가 필요하니 계획 범죄여야 할 텐데 그렇다면 범인은 언제부터 살인을 계획했을까? 자신이 죽이고자 마음먹은 대상이 이 버스를 탄다는 사실을 어떻게 알았을까? 지금 버스 안에 있는 사람들로 소설을 써야 한다면 용의자는 누가 될까?

주인공은 누구?

당연히 이고은이지.

번뜩 떠오른 문장에 지후는 놀랐다. 로맨스든 스릴러든 SF든 범죄 소설이든 주인공은 마땅히 이고은이어야 한다는 생각이 집요하게 자신을 붙들었다. 왜? 이고은은 사건을 만들어 낼 테니까. 움직이고 행동할 테니까. 가만히 멍을 때리거나 생각만 많은 인물보다는 행동하는 인물에게 주인공 자격이 있으니까.

그렇다면 이고은 언니로 보이는 사람은? 이고은과 눈매가 똑 닮은 그는 분명 휴게소에서 애인으로 보이는 남자의 손을 잡고 내렸다가 혼자 돌아왔다. 그것도 좋지 않은 표정으로. 두 사람이 크게 싸웠다는 뜻인데 무슨 일로 싸운 걸까? 어떤 일로 싸워야 다정하게 나갔던 연인이 서로 다른 길을 가기로 결심할 수 있을지 지후는 상상해 보았다.

우선은 빤한 이야기들이 떠오른다. 이걸 무시하면 안 된다. 먼저 떠오르는 상투적인 이야기들은 그만큼 빈번한 일이라는 뜻이기도 하니까. 게다가 빤한 경우의 수를 모두 생각해 봐야 그다음의 창의적인 아이디어로 넘어갈 수 있으니까.

여자나 남자가 양다리를 걸치다가 들켰다. 정말 뻔하지만 실제로 많이 있는 일이다. 혹은 여자나 남자에게 의심병이 있다. 그럴 경우 잠깐 다른 사람을 쳐다보는 것만으로도 큰 다툼이 될 수 있다. 의심하는 버릇 때문에 이미 여러 번 다퉜을 테니까. 다른 경우는? 아주 사소한 다툼이 크게 번지는 경우는 없을까? 어떤 사소한 다툼?

더는 떠오르지 않았다. 구체적으로 생각하고 싶었지만 불가능했다. 연애를 해 본 적도, 연인과 다툰 적도 없으니까. 떠오르는 경우의 수가 이것밖에 안 된다는 사실에 지후는 스스로에게 좀 실망했다. 연애 경험 없는 모태 솔로의 한계구나.

'좋은 작가가 되려면 연애 경험은 필수라며?'

아까 황하은이 물었었지. 모든 경험은 작가에게 피가 되고 살이 된다. 좋은 경험이든 나쁜 경험이든 그럴 것이다. 문제는 직접 경험하고 싶지 않다는 데 있었다. 책이나 영화나 넷플릭스나 유튜브를 통해 다양한 세계를 얼마든지 들여다볼 수 있는데, 굳이 공들여 직접 겪어야 하는 이유를 지후는 아직 찾지 못했다. 게다가 사람과 사람 사이에서 부딪치고 부대끼며 일어나는 모든 일이 성가시게만 느껴졌다.

"나도 질문."

지후는 이어폰을 낀 채 핸드폰을 하느라 정신없는 하은의 눈앞에 손을 살짝 내밀었다. 하은이 깜짝 놀라며 이어폰을 홱 뺐다.

"뭐라고?"

"질문 있다고."

"쏘리. 난 질문 안 받아."

지후는 두 눈을 동그랗게 뜨고 하은을 쏘아봤다. 나한테는 질문을 와다다 쏟아 냈으면서 자기는 질문을 안 받는다고? 대체 이건 무슨 경우인가.

"진짜 진짜 하고 싶으면 이걸로 하든가."

하은은 핸드폰을 살짝 흔들어 보이더니 다시 이어폰을 꼈다. 음악을 어찌나 크게 듣는지 하은의 이어폰에서 흘러나오는 비트가 기사님한테까지 들릴 판이었다. 지후는 크게 한숨을 쉬었지만 그 소리는 하은의 귀에 닿지 않을 예정이었다.

지후는 다시 기사님과 허공을 번갈아 보다가 생각에 잠겼다. 자신은 책의 세계에, 황하은은 핸드폰 속 세계에 푹 빠져 있다. 아니, 완전히 갇혀 있다. 황하은은 아이들과 직접 수다를 떠는 것보다 톡으로 얘기하는 걸 더 좋아하는 아이다. 사람들이 무얼 좋아하고 싫어하는지, 요즘 어떤 아이템이 유행인지, 여행을 가면 무얼 하며 노는지 황하은은 다 알고 있을 것이다. 하지만 그중에 황하은이 직접 경험한 일은 하나도 없다.

그건 괜찮은 건가?

그 질문은 방향을 바꿔 지후의 심장으로 날아들었다.

모든 것을 책으로 배우고 책을 통해 세상을 파악하는 나. 이대로 괜찮은 건가?

전문 실패꾼들

과학자들에 따르면 인류가 우주에 대해 알고 있는 지식은 4%에 불과하단다. 그마저도 물질의 영역에 한해서다. 한마디로, 비물질이나 반물질에 대해서는 아직 감도 못 잡고 있는 것이다. 한 과학자는 이런 말을 하기도 했다. 우주 전체로 봤을 때 인간은 수소가 타고 남은 재에 불과하다고. 수소가 타고 남은 찌꺼기에서 생긴 그 무엇이라고.

우리가 찌꺼기라고? 유림은 그 말을 들었을 때 기분이 확 나빠졌다. 과학도 좋고 논리적인 근거도 좋지만 찌꺼기가 뭔가, 찌꺼기가. 그런데 이제는 그 말을 들어도 기분이 나쁘지 않을 것 같다.

버스가 고속도로를 벗어나면서 속도가 줄어들었다. 잠에 빠져 있던 사람들이 하나둘 깨어나는 기척이 느껴졌다. 설렘 때문인지 흥분 때문인지 잠은커녕 잠시도 쉬지 않고 떠들던 고은은 벌써부터 내릴 준비를 하느라 바빠 보였다.

"고유림, 부탁이 있어."

갑자기 행동을 딱 멈춘 고은이 유림의 팔을 지그시 붙들었다. 또 무슨 어이없는 말을 하시려고 이렇게 분위기를 잡는 건지 유림은 한숨을 쉴 준비부터 했다.

"네가 비밀을 풀어 줘."

"뭔 비밀."

"왜 어떤 사람은 운석을 만질 수 있는지, 왜 어른들은 못 만진 걸 그 애는 만진 건지 꼭 알아내라고."

난 또 뭐라고. 이미 나보다 뛰어나고 똑똑한 사람들이 그럴듯한 썰을 풀어 뒀을 텐데 뭐. 유림은 시큰둥한 목소리로 대꾸했다.

"유튜브 보는 게 빨라."

"난 다른 사람 해석보다 너의 해석을 듣고 싶다고!"

유림은 준비해 둔 한숨을 나지막이 내쉬었다.

"휴, 쬐금 노력은 해 보마."

"야, 쬐금이 뭐야. 과학자답게 최선을 다하겠습니다! 열정을 불태우겠습니다! 이렇게 나와야지."

유림은 주머니에 핸드폰을 쑤셔 넣으며 고은을 살짝 째려봤다.

"난 운석을 보기만 해도 돼. 그걸로도 충분히 만족한다고."

고은을 비롯해 사람들은 과학자에 대해 자기만의 환상과 선입견을 가지고 있다. 과학자들은 〈빅뱅 이론〉의 주인공들처럼 괴짜인가? 일부는 그럴 것이다. 과학자들은 모두 자기 연구에 미쳐 있는가? 그런 사람들이 많겠지만 그렇다고 해서 다른 분야에 관심이 아예 없지는 않을 것이다. 그렇다면 과학자들은 모두 천재인가? 어떤 문제에 대한 해답을 즉각적으로 알 수 있는가?

노 웨이! 그건 절대 아니다. 문제를 풀기 위해 논리적으로 가설을 세우지만 그 가설이 틀리는 경우가 절대적으로 더 많다. 한마디로 과학자들은 대부분 실패한다. 어쩌면 아주 많이, 계속, 꾸준히 실패하는 전문 실패꾼들이 과학자인지도 모른다. 그러니까 과학은 위대한 실수들의 역사 그 자체인 거다.

버스가 양양 터미널에 도착했다. 사람들이 차례로 버스에서 내렸다. 마지막으로 내린 사람은 고은의 언니였다. 고은은 언니한테 말을 걸까 말까 망설이는 눈치였는데, 언니는 고은을 잠깐 바라보더니 기묘한 미소를 지었다. 괜찮으니 걱정하지 말라는 듯이. 어색한 데다 굉장히 슬퍼 보이는 미소였다. 그러고는 서둘러 택시가 서 있는 곳으로 사라져 버렸다.

"이봄, 괜찮겠지?"

고은이 유림에게 묻는 건지 스스로에게 묻는 건지 알 수 없는 질문을 던졌다.

"누구?"

"맨 뒤에 앉아 있던 나의 자매."

아, 고은의 언니 이름이 봄이구나. 유림은 언니만큼이나 심란해 보이는 고은의 얼굴을 바라보다가 친구의 어깨에 손을 올려 가만히 도닥여 주었다.

해변으로 가는 버스를 타기 위해 정류장까지 걸었다. 지도를 잘 보는 하은이 앞장서서 걸었다. 하은은 정면보다 핸드폰 화면을 더 자주 보는 듯했는데도 길을 잘도 찾았다. 정류장에 서자 마침 버스가 도착했고 아이들은 차례로 버스에 올라탔다.

"우리도 운석을 만질 수 있을까?"

손잡이를 꽉 쥐고 서 있던 고은이 작게 중얼거렸다. 유림은 예전에도 고은한테 말한 적 있는 대사를 다시 내뱉었다.

"왠지 난 만질 수 있을 것 같아."

고은이 창밖에 두었던 시선을 유림에게로 옮겼다.

"나는?"

유림은 입꼬리를 살짝 들어 올렸다.

"너도."

중2 때 유림과 고은은 다른 반이었다. 그해 여름은 유독 더웠고, 그해 겨울은 유난히 추웠다. 실망하고 싶지 않아 별 기대도 하지 않았는데 중3 때 고은과 같은 반이 되었다. 유림은 진심으로 우주의 신께 감사 기도를 올렸다.

이제 유림은 우리가 찌꺼기에서 만들어졌든 말든 기분이 상하지 않았다. 대신 자신을 비롯한 인류가 지금까지 살아남았고 지금 이 순간 살아 있다는 사실이 대단하게 느껴졌다. 고은을 만나기 전, 그리고 고은과 다른 반이 되어 외톨이로 지내는 동안 유림은 많이 외로웠다. 이 외로움이 끝나지 않을 것 같다는 절망감과 싸워야 했다. 죽어 버리면 얼마나 간단할까, 아주 드문드문 그런 생각을 하기도 했다. 하지만 버텼고 살기로 결심했고 살아남았다. 그런 스스로가 대견하고 기특했다.

아이들이 버스에서 우르르 내렸다. 푸르른 하늘과 그보다 더 짙푸른 바다가 아이들을 환영했다. 해변으로 가까이 다가가자 굉장한 풍경이 눈에 들어왔다. 해변은 개미 떼처럼 몰려든 사람들로 새까맸다. 당연히 운석은 보이지도 않았다.

아이들은 엄청난 인파를 뚫고 운석이 있다는 곳으로 다가갔다. 사람들은 지글지글 끓고 있는 하나의 운석을 빙 둘러싸고 있었다. 드론으로 공중 촬영을 했다면 그런 원형 무리가 해변에 아홉 개나 있는 모습을 찍을 수 있었을 것이다.

어떤 사람들은 운석을 보기만 했지만 어떤 사람들은 아니었다. 그들은 운석을 만져 보고자 단단히 무장한 상태였다. 어떤 사람은 기다란 집게를, 어떤 사람은 고무장갑을, 어떤 사람은 목장갑을, 어떤 사람은 실험실에서나 쓸 것 같은 특수한 장갑을 끼고 있었다.

"다음, 35번!"

목장갑을 낀 사람이 손을 번쩍 들었다. 운석마다 이미 나름의 시스템이 구축되어 있었다. 파란색 조끼를 입은 사람이 한쪽에서 번호표를 나눠 주면, 사람들은 번호표를 받은 순서대로 질서 정연하게 자기 차례를 기다리다가 운석에 다가갔다.

"우리도 번호표 받자."

한솔이 말했고 고은이 유림의 손을 잡아끌었다. 지후와 하은은 멀뚱히 서 있기만 했다.

"너넨 안 가?"

"난 관심 없음."

하은이 대답했다.

"나도."

지후의 대답이었다.

유림과 고은은 번호표를 받기로 했다. 유림은 가방에 챙겨 온 준비물을 다시 점검했다.

내가 운석을 만질 수 있을까? 고은이는? 유림은 해변가에 떨어진 시커먼 운석을 골똘히 내려다보았다. 어마어마하게 먼 곳에서 이곳까지 여행 온 우주의 조각. 태양계가 처음 생겨난 때부터 존재해 온 물질을 가지고 있는 돌덩어리. 대기권을 통과할 때 활활 타 버리지 않고 끝까지 버텨 살아남은 소행성의 부스러기. 저 운석은 어떤 여정을 겪었을까. 얼마나 많은 것을 보았을까.

꼭 만져 보고 싶었다. 만질 수 있을 것 같다는 예감이 강하게 들었지만 만에 하나 만지지 못한다 해도 상관없었다. 유림은 이미 충분히 행복했다. 생생히 살아 있는 우주의 조각을 직접 보고 있다는 사실에. 그 영광스러운 순간에 혼자가 아니라는 사실에. 자신에게 빛과 온기를 나눠 준 고은이 바로 옆에 있다는 사실에.

진짜 사랑의 힘

사람들은 번호표를 받느라 줄을 서고 있었다. 한솔과 고은도 대기 줄에 합류했다. 번호표를 받느라 한참, 번호표에 적힌 숫자가 불릴 때까지 한참이면 대체 언제 운석을 만질 수 있을까 싶었지만 그래도 한솔은 운석을 가까이에서 보고 싶었다. 운석을 보고 만지면 한솔이 오랫동안 품어 온 소원이 이뤄질지도 몰랐다.

"전쟁터가 따로 없네."

유림이 말했다.

"감동받았어."

고은이 감탄하며 말하자 유림이 혀를 끌끌 찼다.

"또 뭐가."

"사랑에 빠진 사람들이 이렇게 많다는 거잖아."

유림이 목소리를 낮춰 소곤거렸다.

"일반화하지 마. 나처럼 과학적 호기심으로 온 사람도 있다고."

고은은 물러설 기색이 전혀 없었다.

"너도 결국 사랑에 빠져 있잖아."

"내가? 누구한테?"

"우주한테."

고은의 일격에 유림은 조용히 입을 다물었다. 둘의 대화를 흥미롭게 듣던 와중에 한솔의 차례가 다가왔다. 한솔은 두 손을 공손히 내밀어 번호표를 받았다. 한솔 뒤에 서 있던 고은과 유림도 차례로 번호표를 손에 쥐었다.

"한솔?"

이름을 부르는 목소리에 심장이 덜컹 내려앉았다. 서연이었다. 한솔은 천천히 뒤돌아봤다. 서연은 번호표를 받은 친구들과 함께 운석이 있는 곳으로 가려던 순간에 한솔을 발견한 듯했다.

"헐, 박서연?"

놀라는 척을 해야 했다. 최대한 자연스러워야 했다. 그런데 스스로 듣기에도 목소리가 조금 떨렸다. 한솔은 침을 꼴깍 삼킨 뒤 천천히 서연이 있는 곳으로 갔다. 서연도 친구들 무리에서 떨어져 나와 한솔 쪽으로 다가왔다.

"너 여기서 뭐 해?"

서연이 얼굴 가득 미소를 지으며 물었다.

"운석 만지러 왔지."

"진짜?"

서연이 작은 손으로 입가를 가리며 쿡쿡 웃었다.

"번호표 받았어?"

한솔이 물었고 서연은 고개를 가볍게 저었다.

"아니. 나는 그냥 보기만 하려고."

한솔이 대꾸할 말을 고르는 사이 서연이 말을 이었다.

"너무 뜨거워 보여서 겁나더라고."

서연은 애꿎은 번호표만 만지작거리고 있는 한솔에게 부드러운 목소리로 물었다.

"누구야?"

"응?"

"네가 좋아하는 사람."

한솔은 속으로 끙, 하고 앓는 소리를 냈다.

"운석 직접 보면 짝사랑이 이뤄진다잖아. 내 친구들도 그래서 꼭 와야 한다고 난리 친 거거든."

뒤에 서 있던 친구들 중 한 명이 서연의 이름을 불렀다. 서연은 곧 가겠다는 듯 손을 들어 살짝 흔들어 보였다.

"내가 아는 사람은 아니지?"

"으응, 아니야."

서연은 자연스럽게 몸을 돌리며 마지막 인사를 남겼다.

"잘되면 다음에 꼭 소개해 줘. 알았지?"

서연이 친구들이 있는 곳으로 돌아갔다. 한솔도 자신을 기다리고 있는 고은과 유림 쪽으로 걸어갔다. 한솔은 얼이 나간 상태로 고은을 따라갔다. 고은은 번호가 불릴 때까지 기다릴 만한 장소를 찾아다녔다.

초등학교 6학년 때 서연과 같은 반이었다. 그때는 서연과 친하지 않았다. 대신 한솔의 엄마와 서연의 엄마가 친해졌고, 그 뒤로 한솔은 자주 서연과 같은 학원을 다니게 되었다.

한솔이 서연에게 반한 순간은 따로 있었다. 수련회 장기 자랑 시간에 서연은 노래를 불렀다. 첫사랑에 관한 노래였다. 핀 조명이 서연에게 내리꽂혔다. 전주가 흐르는 동안 수줍은 듯 고개를 살짝 숙이고 있던 서연은 첫 소절을 부르면서 고개를 들었고, 그 순간 한솔에게 마법 같은 일이 벌어졌다. 서연의 노래가 달콤하게 심장으로 녹아들었다. 처음에는 어눌하게 들렸던 발음과 목소리가 곡이 진행될수록 선명해졌다. 가냘픈 듯 보이나 결정적인 순간에는 단단해지는 목소리에 한솔의 영혼은 완전히 사로잡혔다. 전교생이 모인 공간이었지만 한솔은 서연과 단둘이 그곳에 있었다. 분명 그러했다.

"야, 이거 봤어?"

태윤의 재촉하는 목소리에 한솔은 생각에서 빠져나왔다. 태윤이 빵을 들고 있지 않은 손으로 핸드폰을 쑥 내밀었다. 버스에서 내리자마자 가방에 숨겨 두었던 빵을 먹어 치우느라 바쁜 태윤이었다. 한솔은 태윤의 핸드폰을 들고 화면을 내려다봤다.

"운석 만진 애 인터뷰야."

태윤이 보여 준 쇼츠 영상은 조회 수가 어마어마했다. 어수선한 주변 분위기 때문에 소리가 잘 들리지 않아 한솔은 태윤의 핸드폰을 귓가에 바짝 갖다 댔다. 그러자 영상 속 목소리가 들리기 시작했다.

"사랑의 힘이 맞다니까요. 제가 운석을 만질 수 있었던 건 지금 제가 사랑에 빠져 있기 때문이라고요. 그냥 사랑이 아니라 진짜 사랑. 사귄 지 6개월 넘은 남친이 있는데, 저희는 서로를 진짜 진짜 사랑하거든요."

기자가 끼어들었다.

"그럼 수많은 어른들이 실패한 이유가, 사랑이 없기 때문이라는 말인가요?"

운석을 만진 애는 흥분을 조금 가라앉힌 듯 침착한 목소리로 말했다.

"아뇨. 오히려 너무 많은 걸 사랑하기 때문이 아닐까요. 가족도, 취미도, 돈도, 집도, 자동차도 사랑하잖아요. 근데 전 딱 하나만 사랑하거든요."

한솔은 고개를 들어 서연과 친구들이 사라진 쪽을 바라보았다. 자신은 서연을 얼마만큼 좋아하는가. 다른 거 다 때려치우고 서연 하나만을 사랑한다고 자신할 수 있는가? 한솔은 태윤에게 핸드폰을 돌려주며 부탁했다.

"이 영상 나한테도 공유 좀."

유림이 끼어들었다.

"뭔데?"

태윤은 무심한 표정으로 제 핸드폰을 유림에게 들이밀었고 유림은 아까의 한솔처럼 핸드폰을 귓가에 갖다 댔다. 그러는 사이 한솔이 태윤에게 물었다.

"조회 수 봤냐?"

태윤이 다시 빵 조각을 입에 넣으며 웅얼거렸다.

"봤지. 여기저기서 인터뷰 한번 하자고, 자기 유튜브에 나와 달라고 난리일걸."

한솔이 목소리를 낮춰 물었다.

"얘는 이 돌멩이로 얼마를 벌까?"

"평생 먹고 싶은 빵은 다 사 먹을 수 있겠지. 완전 부럽. 요새 밀가루 값 올라서 빵 사 먹기 힘든데."

영상을 다 봤는지 유림이 태윤에게 핸드폰을 돌려주었다.

"잘 봤어."

그 말을 남기고 유림은 고은에게로 돌아갔다. 고은은 드디어 사람들 틈에서 진짜 대기 줄을 찾아냈는지 아이처럼 팔짝팔짝 뛰고 있었다. 그런 고은을 바라보며 태윤이 피식 웃었다. 빵을 먹을 때처럼 행복해 보이는 미소였다. 이거 이거, 위험한데?

한솔은 아까 서연이 걸어간 방향을 하염없이 바라보았다. 서연이 금세 다시 보고 싶었다. 운석이 소원을 들어주면 좋겠다. 서연을 향한 사랑의 힘으로 운석을 만질 수 있었으면 좋겠다. 무엇보다도 서연이 자신의 마음을 알아차려 주었으면 좋겠다.

최악의 짝사랑

중학교 때 최악의 짝사랑을 했다. 그 애는 아이돌처럼 얼굴이 작고 하얬다. 하지만 키가 작아 인기가 없었는데 상관없었다. 봄이는 키보다는 무조건 얼굴이었다.

조용히, 아주 은밀히 좋아했다고 자신했다. 고백을 하거나 사귀는 것까지는 관심이 없었다. 그저 바라보기만 해도 좋았으니까. 그런데 이고은처럼 오지랖 넓고 남의 속 훤히 잘 들여다보는 애한테 딱 들켜 버렸다.

"너, 백설 좋아하지?"

얼굴이 창백하리만큼 하얘서 그 애 별명은 '백설기'였다. 처음에는 발뺌했다. 절대 아니라고, 걔가 쓴 안경 브랜드에 관심이 많은 것뿐이라고 성실히 변명했지만 오지라퍼한테는 통하지 않았다.

"얘가 누굴 속이려고."

그 후에 벌어진 일들은 전부 최악이었다. 오지라퍼인 데다 입까지 가벼운 그 애 덕분에 자신이 백설기를 좋아한다는 사실은 발 없는 말이 되어 빠르게 퍼졌다. 그 애가 죄다 떠벌리고 다닌 덕에 선생님들까지 알게 될 판이었다.

"봄아, 너 백설 좋아해?"

옆 반 친구들까지 와서 물어보았다. 고개를 들고 다닐 수가 없었다. 쉬는 시간마다 매점이나 운동장으로 자리를 피신해야 했다.

"야, 백설! 들었냐? 이봄이 너 좋아한대!"

남자애들은 백설을 빙 둘러싸고 이런 말을 지껄여 댔다. 태어나 처음으로 봄이는 휴학을 할까, 아님 유학을 갈까 심각하게 고민했다.

최악 중에서도 최악은 백설이 은근슬쩍 봄이를 피해 다닌 거였다. 얼굴이 뚫어지도록 쳐다봐도 봄이가 자신을 좋아하는지 전혀 모르던 백설이 애들 때문에 슬슬 봄이 눈치까지 보는 지경이 된 것이다. 맙소사.

그 시간을 봄이는 자퇴하지 않고 버텨 내긴 냈다. 어떻게 극복했더라. 자세한 내용은 기억나지 않는다. 사람은 어떤 시련을 겪든 시간이 지나면 잊어버리기 마련인 걸까? 다 잊지 못해도 조금쯤은 희석되기 마련인 걸까? 그렇다면 준기와의 일도 몇 년 후에는 희미해질 수 있을까?

봄이는 택시에서 내렸다. 운석이 우수수 떨어졌다는 낙산 해수욕장에 도착했다. 해변은 이미 몰려든 사람들로 인산인해였다. 운석도 운석이지만 바다를 보고 싶었는데, 바글바글한 사람들 때문에 바다는 코빼기도 보이지 않았다. 너무 많은 사람들 때문에 기가 빨리는 기분이었다.

하는 수 없이 가까운 곳에 있는 카페로 들어갔다. 건물 전체가 카페였다. 엘리베이터를 타고 5층에 내렸다. 옥상에 오르자 드디어 바다가 보였다. 하늘과 바다의 빛깔이 달라 경계선이 선명히 보였다. 아이스티를 홀짝이며 봄이는 하늘과 바다를 하염없이 바라보았다. 굉장하다. 푸른 색감이 비현실적으로 아름다웠다. 아무리 봐도 질릴 것 같지 않았다.

준기 생각이 났다. 아름다운 것을 보면 가장 먼저 떠오르는 사람. 맛있는 걸 먹으면 가장 먼저 생각나는 사람. 그 사람이 봄이에게는 준기였다. 그런 준기가 지금 곁에 없다. 당연히 함께 볼 거라고 생각한 풍경을 홀로 바라보고 있다. 카페에 들러 맛있는 아이스티 마시기. 이것 역시 준기와의 여행을 계획할 때 목록에 포함되어 있던 거였다.

지금쯤 준기는 어디에 있을까? 서울로 돌아가는 방법을 찾았을까?

생각을 떨쳐 내려고 봄이는 고개를 흔들었다. 더는 준기 생각을 하고 싶지 않았다. 그런데 그럴수록 더 집요하게 준기가 떠올랐다. 처음 같이 먹은 음식. 준기가 처음 보조개를 보인 순간. 준기의 손을 잡고 걸었던 곳들. 딸랑, 하는 종소리가 울리고 알바를 하는 카페에 그가 들어설 때마다 대책 없이 떨리던 가슴.

"왜? 또 안 돼?"

귓가에 생생히 들리는 준기의 목소리에 봄이는 화들짝 놀랐다. 가슴에 손을 얹고 주변을 두리번거렸다. 환청이었다. 놀란 가슴을 진정시키고 나자 눈망울이 촉촉이 젖어 들었다.

멍을 때리고 싶은데 잘 안 된다고 말했더니 준기는 아이같이 짓궂은 말투로 이렇게 말했었다. "나는 잘 되는데~" 그 말투가 어이없고 귀엽고 우스꽝스러워 봄이는 쿡쿡 웃었었다.

"왜 난 안 될까."

잡다한 생각을 떨쳐 내고 싶었다. 아무 생각 없이 멍하니 있고 싶었다. 그게 잘 안 됐다. 온갖 걱정과 생각으로 자신을 괴롭히는 봄이와 달리 준기는 멍을 잘 때렸다. 양양에 오면 모래를 보면서 모래멍, 바다를 보면서 물멍도 해 보자고 말한 사람도 준기였지.

"최고는 불멍이지."

그렇게 말하며 준기는 어렸을 때 경험을 들려주었다. 아빠와 함께 캠핑장에 가서 불을 피워 놓고 불멍을 때렸을 때의 이야기였다.

"이상하지. 불을 한참 바라보는데 마음이 고요해졌다가 갑자기 뭔가가 일렁이는 거야. 그걸 뭐라고 해야 할까. 분노 같기도 하고, 슬픔 같기도 하고. 하여튼 내 안에 있는 게 분명한데 정체를 알 수 없는 것들이었어. 그런 것들이 마음속에 있다는 게 굉장히 이상하면서도 또 한편으로는 익숙하다는 느낌도 들더라고."

준기의 마음속에 있었던 그 무엇. 준기를 만나는 동안 봄이가 미처 느껴 보지도, 겪어 본 적도 없는 준기 안의 그 무엇. 그것을 겪어 봤더라면 지금 이 상황을 납득할 수 있었을까. 자신이 미처 알지 못했던 준기가 있었는데, 어째서 준기를 완벽하게 다 안다고 생각했을까.

봄이는 혼란스러웠다. 누구보다도 그를 잘 안다고 자신했는데 이제는 그럴 수 없었다. 준기는 이제 봄이에게 가장 알 수 없고 이해할 수 없는 미지의 사람이었다. 온 마음을 다해 사랑했는데 그 사랑의 결론이 상대방을 털끝만큼도 모른다, 라니. 봄이는 멍 때리기를 포기하고 질끈 눈을 감았다. 파도 소리를 듣고 싶었지만 운석을 둘러싼 사람들의 웅성거림만이 귓가에 어지러이 맴돌았다.

순수함 테스트

유림이 말해 준 영상을 고은도 검색해 봤다. 최초로 운석을 만져 유명인이 된 그 애는 말했다. 자신은 진짜 사랑을 하고 있기에, 무엇보다도 단 하나만을 사랑하고 있기에 운석을 만질 수 있었노라고.

"이거, 진짜일까?"

고은이 물었고 유림은 어깨를 으쓱했다. 만약 이 말이 사실이라면 나는 운석을 만질 수 있을까. 자신이 없었다. 고은은 그 애처럼 사랑하는 사람과 사귀고 있는 상태가 아니었다. 무엇보다도 단 하나만을, 지후만을 사랑한다고 말할 수 없었다. 고은에게는 늘 사랑하고 싶고 사랑하는 것들이 넘쳐났다.

"이건 그냥 내 생각인데."

유림이 입을 떼자마자 고은은 애니메이션에 나오는 고양이처럼 크고 귀여운 눈망울을 흉내 내 보려고 낑낑거렸다.

"응응, 네 생각을 말해 줘."

"이건 그냥 운석이 아닌 것 같아."

"그럼?"

"외계인들이 운석에 장난을 친 거지."

"헐, 넌 외계인이 있다고 믿어?"

"당연. 우주를 조금만 공부해 보면 믿을 수밖에 없어. 외계인의 존재를."

72번 차례였다. 사람들은 제각기 다양한 방법을 시도했지만 모두 운석에 손을 대자마자 "앗 뜨거!"를 외치며 내려놓아야 했다. 가까이에서 지켜보니 더 놀라웠다. 그 애는 이 뜨거운 걸 진짜 만졌다고? 아무렇지 않게 들고 사진까지 찍었다고?

"외계인 개입설의 증거는?"

유림은 고은의 물음을 진지하게 듣고 답을 신중히 고르는 눈치였다.

"단순히 뜨겁기만 하면 기계로는 들 수 있어야 하는데 아니잖아. 그게 이상해."

잠깐 뜸을 들이던 유림이 말을 이었다.

"내 생각엔 말이야."

그 순간 유림의 눈빛이 싹 바뀌었다. 고은이 말한 과학자다운 눈빛으로. 냉정하고 차분하면서 다른 사람을 꿰뚫어 볼 듯한 강렬한 눈빛으로.

"운석이 순수함을 테스트하는 것 같아."

"순수함?"

"그 애가 자기는 어른들과 달리 하나만 사랑한다고 표현했는데, 어른들 중에도 단 하나만 찐으로 사랑하는 사람이 있잖아."

"그치 그치."

"어른들이 실패하는 진짜 이유는 우리보다 덜 순수해서가 아닐까?"

72번이 목장갑 위에 고무장갑을 낀 채 운석에 다가갔다. 남자는 허리를 구부려 운석을 들어 올리려다가 "으앗!" 소리치며 떨어뜨렸다. 72번 남자가 운석 옆으로 침을 탁 뱉으며 욕설을 내뱉었다. 유림은 눈살을 찌푸렸고 진행 요원이 남자에게 주의를 주었다.

"근데 우리가 어른보다 순수하다는 것도 옛날 얘기 아냐? 요즘 무서운 애들이 얼마나 많은데."

"그건 그런데, 아직 어리고 세상을 덜 겪었으니까 상대적으로 순수한 면이 있긴 하잖아."

고은은 손에 들린 번호표를 만지작거렸다. 손에서 배어난 땀 때문에 번호표가 축축해졌다.

"그래서 확률적으로 어른보다 우리가 유리하다?"

"그냥 느낌이 그래. 전혀 과학적이지도 논리적이지도 않아."

"느낌? 야, 너 과학자가……."

"나도 아는데."

유림은 고은의 말허리를 자르며 말했다.

"가끔은 지식이나 논리보다 직감이 더 정확할 때도 있거든."

유림의 말을 들을수록 고은은 수긍이 갔다. 버스표를 예매한 뒤 틈날 때마다 유튜브와 블로그를 검색했다. 어떻게 해야 운석을 만질 수 있을지 궁금해서 사람들의 분석을 살펴봤다. 운석의 크기와 손의 크기를 연결 지어 분석하는 사람도 있었고, 운석이 떨어진 곳에서 가까이 사는 사람이 더 유리하다는 영상도 봤다. 하지만 그 어떤 것도 아하, 그렇구나, 하는 확신을 주지 못했다. 차라리 지금 들은 유림의 추측이 훨씬 설득력 있어 보였다.

"네 말을 정리하면, 세상의 때가 덜 묻은 사람이 순수한 사랑에 빠졌을 때 운석이 성을 안 낸다는 거?"

"그냥 추측일 뿐이야."

순수한 사랑에 빠진 상태라. 고은은 지금까지 자신이 한 사랑을 떠올려 봤다. 상대를 좋아했다. 만나면 설렜고 함께 있으면 시간 가는 줄 몰랐다. 그렇지만 정말로 깊이 사랑했다고 볼 수 있을까? 그 사람이 죽으면 심장이 멈출 것 같은 두려움을 느낀 적이 있나?

"73번!"

73번은 어른이 아니었다. 또래로 보이는 남자애가 특수 장갑을 끼고 나타났다. 유림과 함께 특수 장갑에 대해서도 공부했는데 그 세계도 장난 아니게 흥미로웠다. 저건 어떤 장갑일까. 날카로운 칼날에도 끄떡없는 방검 장갑부터 방탄 장갑, 전기에 감전되는 것을 막아 주는 절연 장갑 등의 특수 장갑 중에 저 애가 선택한 장갑이 있을 것이다.

내심 고은은 기대를 좀 했다. 중학생으로 보이는 73번이 떡하니 운석을 들어 주면 내 일처럼 기쁠 것 같았다. 73번은 심호흡을 하며 한쪽 무릎을 꿇었다. 하지만 그 애는 운석에 손을 갖다 대자마자 "와씨!"라고 외쳤다. 깜짝 놀란 듯 두 눈을 휘둥그레 뜬 채 자리에서 일어나 뒷걸음질 쳤다. 그 뒤에 두 명도 실패했다.

"76번!"

다음이 한솔, 그다음이 유림의 차례였다. 유림은 자기 차례를 준비하는지 가방에서 장갑을 꺼냈다. 외과 의사들이 수술할 때나 끼는 라텍스 장갑이었다.

"다른 장갑은?"

"이것만 낄 거야."

"너 미쳤어?"

고은은 번개처럼 빠르게 자기 가방에서 고무장갑과 방검 장갑을 꺼내 유림에게 내밀었다. 하지만 유림은 고개를 저을 뿐이었다.

"야, 고유림!"

"원래는 맨손으로 잡을 생각이었어. 근데 생각해 보니까 그러면 운석이 오염되더라고."

"오염? 지금 그게 중요해?"

"나한텐 중요해."

고은은 머리를 흔들며 눈을 감았다. 유림이 평범하지 않다는 건 고은도 알고 있었다. 하지만 이 정도일 줄이야. 특수 장갑을 끼고 만졌는데도 욕을 하며 뒷걸음질 치는 판국에 맨손으로 만지겠다니.

누구와도 말을 섞지 못하고 혼자였던 고유림. 자신이 문을 똑똑 두드리자 천천히 마음의 문을 열어 준 고유림. 한번 마음의 문을 열면 그 사람에게는 전적인 신뢰와 사랑을 베푸는 고유림. 그래서 고은 빼고 다른 사람에게는 관심이 별로 없는 고유림. 과학과 우주를 심하게 사랑하는 고유림. 때로는 그 사랑 때문에 힘겨워하면서도 한 번도 힘들다는 말을 하지 않는 고유림.

"너 진짜 양손이 새까맣게 타 봐야 정신을 차리겠어?"

아까처럼 유림은 또 어깨를 으쓱해 보이더니 입술을 쑥 내밀고 볼에 바람을 빵빵하게 넣어 귀여운 표정을 지었다. 자신이 부릴 수 있는 애교는 이게 최대치라는 듯 주먹을 꽉 쥐면서.

"다치면 치료받음 되잖아~"

유림은 고은의 팔을 잡고 살랑살랑 흔들어 댔고 고은은 유림을 오래 째려보았다. 마침내 고은이 짧은 한숨을 휴, 내쉬면서 입술로 푸, 하고 입안에 남아 있던 공기를 빼냈다. 포기 선언이었다. 유림과 고은의 차례가 다가오고 있었다. 고은은 유림이 가지고 온 라텍스 장갑을 끼고 그 위에 다시 특수 장갑을 꼈다. 그래도 안심이 되지 않았다. 뜨겁고 아프고 짓무르고 이런 건 정말 질색이다.

"난 빠질게."

고은과 유림이 한창 투닥거리는데 한솔이 끼어들었다. 한솔은 땀으로 젖을 대로 젖어 버린 번호표를 바닥에 떨구었다. 고은은 바닥에 떨어진 번호표와 한솔의 얼굴을 번갈아 바라보았다.

"지금? 곧 네 순서인데?"

"이거보다 더 중요한 일이 있어."

운석을 보고 만지려고 양양까지 와서는 갑자기 더 중요한 일이 생겼다고? 오늘 다들 왜 이러니. 라텍스 장갑만 끼고 저 뜨거운 돌멩이를 만지겠다고 하질 않나, 지금까지 순서를 기다려 놓고 자기 차례 코앞에서 번호표를 버리질 않나.

"77번!"

"포기요!"

한솔은 우렁찬 목소리로 대꾸했다. 저 녀석한테 저렇게 크고 우렁찬 목소리가 숨겨져 있는 줄 미처 몰랐다. 갑자기 마음을 바꾸거나 포기하는 사람이 많은지 진행 요원은 아무것도 묻지 않았고, 사람들 또한 한솔의 포기 이유를 궁금해하지 않았다.

"78번!"

유림의 차례였다. 고은은 그다음인 79번. 유림이 비장한 얼굴로 앞으로 나아갔다. 고은은 유림의 팔을 한 번 꽉 붙들어 주었다. 고유하고 특유하고 독특한 고유림. 그래서 고은이 많이 좋아하는 친구 고유림. 망원경을 사기 위해 주말마다 할머니가 시키는 일들을 척척 해내 받은 용돈을 꼬박꼬박 모으는 고유림. 나를 우주만큼 믿어 주는 친구 고유림.

유림이 운석으로 다가가 두 무릎을 꿇었다. 잠시 그 자세로 유림은 운석을 따스하게 내려다봤다. 꼭 운석과 교신을 하는 것 같았다. 유림을 지켜보던 사람들이 잠시 술렁이다가 조용해졌다. 신성한 무언가를 대하듯 하는 유림의 태도가 사람들의 마음에 조용한 파문을 일으킨 것 같았다. 유림은 소중한 사람에게 손을 건네듯 천천히 손을 내밀었다.

뭐가 더 오래 살아남을까

사람이 떼거리로 몰려 있는 것을 본 하은은 기함을 했다. 속이 약간 울렁거렸다. 사람들 무리에서 떨어져야겠다는 생각밖에 안 들었다.

"난 일단 후퇴. 넌?"

지후는 고은을 잠깐 바라보더니 하은 쪽으로 고개를 돌렸다.

"나도 후퇴."

하은이 보기에도 고은은 운석에 꽂혀 정지후나 자신에게 아무 관심이 없었다.

"일단 저기 편의점으로."

전쟁터에서 피난을 떠나는 사람처럼 하은은 어깨를 한껏 움

츠린 채 재빠르게 걸었다. 정지후가 자기를 졸졸 따라오는 게 느껴졌다. 그나마 혼자가 아니라서 덜 외롭고 덜 뻘쭘했다.

"커피 마셔?"

"응."

하은과 지후는 편의점에서 캔 커피를 사서 나왔다. 파라솔 아래 의자에 앉자마자 하은은 커피를 입에 쏟아부었다. 휴, 울렁거림과 갈증이 좀 가셨다.

"넌 여기 왜 따라왔어? 운석에 관심도 없으면서?"

원래 하은은 질문은 사절이었지만 이 타이밍에 쑥 들어온 지후의 질문을 반사할 수는 없었다. 울렁거림이 완전히 사라질 때까지 핸드폰을 하지 않을 생각이었는데 그러면 해변에 바글바글 몰려든 사람들을 보는 것 말고는 달리 할 일이 없는 상황이었다. 그걸 보느니 차라리 정지후랑 이야기를 나누는 게 한결 속 편할 것 같았다.

"이고은이 하도 부탁해서 같이 온 거야."

"이고은이? 친구 있던데?"

"쟤가 원래 그래. 뭐든 여러 명이서 우르르 하는 걸 좋아함."

하은은 고은을 찾을 수 있을까 싶어 잠깐 해변을 둘러봤다가 또다시 정신 사납고 속이 울렁거려서 고개를 돌렸다. 이렇게나 많은 사람들이 운석에 목숨을 걸 줄이야. 이곳에서 운석을 보거나 만지는 데 관심이 없는 사람은 정지후와 자신뿐인 것 같았다.

"왜 저거에 열을 올리는지 이해 안 감."

"이하 동문."

갑자기 웬 동문? 동창이라는 뜻? 동대문이나 숭례문 같은 문? 아, 됐고. 하은은 핸드폰을 하기 전 공격적으로 마지막 질문을 던졌다.

"넌 이고은이 왜 싫어?"

"누가? 내가?"

정지후는 캔 커피 표면을 스윽스윽 손가락으로 훑었다.

"싫은 게 아니라, 그냥 내가 사람에 관심이 없는 거지 뭐."

하은은 참 기묘하다고 생각했다. 자신도 정지후도 고은 때문에 이곳에 왔다. 그런데 고은의 관심에서 멀어진 두 사람은 묘하게 닮아 있다. 정지후랑은 대화가 안 될 거라고 지레짐작했는데 의외로 말이 술술 이어진다. 좀 더 이야기를 나누고 싶다는 생각이 든다.

"너도 책벌레 아니었으면 이고은을 좋아했을 거야."

"그럴까?"

"고은이는 특별하니까."

"흠, 잘 모르겠던데."

"네가 사람에 무뎌서 그래."

하은은 캔 커피를 들어 입에 탈탈 털어 넣었다. 마지막 한

방울도 버릴 수 없다는 듯 필사적인 몸짓으로.

"사람들은 다 자기밖에 몰라. 근데 이고은은 안 그래. 상대방을 진심으로 궁금해하고 질문을 던지지. 그 사람이 무얼 좋아하고 싫어하는지 겁나 빨리 파악해. 한번 파악하면 잊지 않고. 그거 굉장히 특별한 거야. 넌 모르겠지만."

정지후는 무심한 얼굴로 커피를 홀짝였다.

"난 톡으로 대화하는 게 훨씬 편해. 사람 목소리 자체가 불편하달까. 근데 이고은이랑은 가끔 전화로 수다 떨어. 대박인 거지."

정지후는 새끼손톱으로 눈썹을 긁적이다가 말했다.

"이고은을 주인공으로 소설을 써 보고 싶긴 해."

하은은 상체를 테이블에 바짝 붙였다.

"그럼 인터뷰해야겠네."

"대충 상상해서 쓸 건데?"

"상상도 결국 자료 조사에서 나오는 거 아냐?"

정지후의 눈빛이 잠깐 반짝였다.

"너 혹시 글 써?"

"아니?"

"근데 의외로 아는 게 많다?"

"다 이거 덕분이지."

하은은 테이블 위에 고이 누워 쉬고 있는 핸드폰을 손가락으로 쿡 찔렀다. 그걸 보더니 정지후는 한층 침울해진 목소리로 말했다.

"책이랑 핸드폰 중에 뭐가 더 오래 살아남을까? 핸드폰이겠지?"

하은은 상체를 다시 등받이에 기댔다.

"어허, 책벌레가 할 소리는 아닌 것 같은데?"

정지후는 커피를 다 마셨는지 팔짱을 꼈고 하은은 빈 캔을 조금씩 우그러뜨렸다.

"내 생각은 달라. 책과 핸드폰의 역사를 생각해 봐. 앞으로 핸드폰은 다른 걸로 대체되겠지만 책은 살아남지 않을까?"

핸드폰을 사랑한다. 그 어떤 사람보다도 핸드폰이 좋다. 누구도 하은을 채워 주지 못했는데 이건 달랐다. 그렇지만 언니처럼 즉석 떡볶이를 혼자 먹고 싶지는 않다. 슬프고 우울한 일이 있을 때 혼자 소주에 새우깡을 뜯고 싶지는 않다. 그러니 가끔 이렇게 고은이 조르면 마지못한 척 따라나서는 것이다.

"그랬으면 좋겠는데, 요새는 책도 다 핸드폰으로 보니까."

"넌 핸드폰 없어?"

"있지."

"근데 왜 무겁게 책을 들고 다녀? 전자책이 편하잖아."

하은이 물었다. 지후는 팔짱을 풀고 다시 캔 커피를 만지작거리다가 대답했다.

"종이가 좋아. 책을 들고 있으면 마음이 편해져."

내가 핸드폰을 손에 쥐고 있으면 그런 것처럼 말이지. 하은은 다시 고은을 생각했다. 고은은 아는 사람이 진짜 많았다. 하은에게 고은은 몇 안 되는 현실 친구였지만 고은에게 하은은 수많은 친구 중 한 명에 불과했다. 그런데도 고은은 가끔 먼저 연락해 아무렇지 않게 "뭐 해?"라고 말을 걸어 주었다. 그런 사람이 단 한 명이라도 있다는 게 얼마나 소중한 일인지 이제 하은은 알고 있다.

하은이 완전히 우그러뜨린 빈 캔을 쓰레기통에 던지려는데 지후가 불쑥 말했다.

"저 사람, 이고은 언니 아냐?"

하은은 뒤를 돌아봤다. 고은의 언니가 편의점을 향해 천천히 걸어오고 있었다. 바다를 끈질기게 바라보면서.

"자매치고 둘이 진짜 안 닮았어."

하은이 목소리를 낮춰 속닥거렸다. 지후는 고개를 갸웃거렸다.

"눈매는 닮지 않았어?"

"둘이 친하지도 않은 것 같던데."

하은의 말에 지후는 아무런 대꾸도 하지 않았다. 어느새 가까워진 고은의 언니가 편의점 안으로 쑥 들어갔다. 하은은 다시 속이 울렁거렸다. 편의점으로 들어가기 전 마지막으로 본 눈빛 때문이었다. 얼이 나가다 못해 텅 비어 있는 그 눈빛. 그건 하은의 언니가 소주를 잔뜩 사 올 때, 핸드폰을 침대 위로 내동댕이칠 때, 그리고 오래도록 방에 틀어박힐 때의 눈빛이었다.

기적 같은 일

버스에서 내린 순간부터 지금까지 지후의 마음을 사로잡은 문장은 단 하나였다. 당장 소설을 쓰고 싶다. 이고은을 주인공으로 해서. 아무것도 사랑하지 않는 외톨이 아이가 운석과 사랑에 빠지는 이야기. 아니다. 이건 너무 단순하다. 사건이 벌어지려면 이고은의 캐릭터를 살려야 한다. 모든 것을 사랑하지만 운석을 사랑하지 않는 주인공은 어떨까. 사람들이 모두 만져 보려고 아우성치는 운석에 이고은은 눈길 한 번 주지 않는다. 그런데 운석의 원픽은 이고은. 자신에게 관심이 1도 없는 이고은을 고른 거다. 그 후의 일은? 이고은의 반응은?

지후는 넌더리를 내며 고개를 흔들었다. 이고은을 주인공으로 소설을 쓸 자신이 없었다. 자신과 공통점이 하나도 없는 캐릭터를 다루려면 어떤 요령이 필요한지 감이 잡히지 않았다.

"난 일단 후퇴. 넌?"

하은이 물었고 지후는 고은을 바라보았다. 고은은 늘 그렇듯 활기가 넘쳤고 그 어느 때보다도 바빠 보였다. 양양에 같이 가자고 한 이고은의 진짜 속셈을 지후는 이미 알고 있었다. 고은에게 퇴짜를 놓은 자신에 대한 복수.

운석을 향해 몰려든 사람들을 힐끔 보았다. 좀비 같다. 사람을 물어뜯기 위해 달려드는 좀비 떼처럼 사람들은 맹목적으로 운석에 달려들고 있었다. 대체 왜?

"나도 후퇴."

이고은의 복수는 성공했다. 커피에 과자를 찍어 먹으며 책을 읽다가 낮잠에 빠져드는 한가로운 주말을 좀비 영화로 바꿔 놓았으니까. 황하은과 커피를 마시며 이야기를 나누는데 이고은의 언니가 편의점 쪽으로 휘적휘적 걸어왔다. 금방이라도 넘어질 것처럼 위태로운 걸음걸이였다.

"자매치고 둘이 진짜 안 닮았어."

황하은이 작게 속삭였다. 그런가? 지후의 생각은 달랐다. 고은과 고은의 언니는 눈매와 분위기가 몹시 닮아 있었다. 어떤 분위기냐고 누가 묻는다면 어떻게 설명하고 묘사해야 할지 번뜩 떠오르지는 않았지만 느낌이 그랬다.

그래, 그거야!

지후는 손가락을 가볍게 튕긴 뒤 핸드폰을 꺼냈다. 아이디어 메모장을 열었다. 그가 어쩌다 애인과 싸웠는지, 혼자 양양에 와서 어떤 일을 겪을지, 그 일로 어떤 심경의 변화를 겪을지, 이야기와 플롯이 떠올랐다. 이 이야기로 소설을 쓰면 대박이 날 것 같은 예감이 들었다. 아까보다 심장이 조금 빨리 뛰었다. 지후가 가장 사랑하는 순간이다. 좋은 소재나 아이디어를 포착했다고 느끼는 순간. 세상에서 가장 멋진 보물을 낚아챈 것 같은 흥분을 느끼는 순간.

"진짜 핸드폰이 있긴 하네."

하은이 무미건조하게 말했다. 그러거나 말거나 지후는 메모하는 데 집중했다. 생각이 떠올랐을 때 제대로 메모해 두지 않으면 금방 사라져 버린다. 한번은 침대에 누워 있다가 정말 굉장한 아이디어가 떠올랐는데 잠이 쏟아졌다. 엄청난 아이디어라 당연히 다시 생각날 거라고 자신하며 그냥 잤다. 그런데 다음 날 아침, 아무리 생각해도 아이디어는 떠오르지 않았다. 몇 시간이고 집요하게 붙들었지만 사라진 아이디어는 결국 다시는 돌아오지 않았다.

"하여튼 이고은 때문에 양양에 다 와 보네. 이 핫한 곳에."

하은은 두 팔을 위로 올려 기지개를 켰다. 메모를 끝낸 지후도 가볍게 어깨 스트레칭을 했다. 양양은 이미 서퍼들의 성지로 유명했는데 운석 때문에 더 핫해졌다는 사실을 지후도 알고 있었다. 포털 사이트에 접속할 때마다 메인 화면이 양양 기사로 도배되어 있어서 모를 수가 없었다.

지후는 사람들이 몰려 있는 운석 근처를 바라보았다. 저 사람들 가운데 이고은이 있겠지. 잠시도 쉬지 않고 재잘대고 관찰하고 사람들 사이에 끼어들고 감탄하고 있겠지.

황하은처럼 자신 또한 이고은 때문에 이곳에 왔다. 그리고 역시나 이고은 때문에 소설 아이디어를 얻었다. 만약 이고은이 같이 오자고 하지 않았다면 지후가 절대로 생각하지 못했을 이야기와 소재를 얻었다. 책의 세계에서 잠시 벗어나 현실 세계에 뛰어들어 사람들과 조금이라도 엮인 기분이 생각보다 나쁘지 않았다.

황하은은 말했다. 이고은은 특별한 사람이라고. 그건 잘 모르겠다. 지후에게 특별한 사람은 작가들밖에 없었다. 정말 특별하고 특출 난 작가들은 많이 알았지만, 주변에서 만난 사람 중에 특별하다는 느낌을 준 사람은 아직 없었다.

"나온다."

하은의 말이 끝나자마자 이고은의 언니가 편의점을 나왔다. 그는 빨대를 꽂은 바나나우유를 한 손에 들고 다시 휘적휘적 걸어갔다. 역시나 위태로워 보이는 걸음걸이였지만 넘어지지 않고 느린 속도로 앞으로 나아갔다. 당장 곁으로 달려가 손을 잡아 주고 싶다는 마음이 울컥 솟구쳤고 지후는 그런 감정을 느끼는 스스로가 낯설었다. 어떤 마음이어야 저런 걸음걸이가 나오는 걸까? 그가 어딜 향해 가는지 알 수 없었다. 다만 그가 사람들이 모여 있는 해변을 줄기차게 바라보고 있다는 사실만은 알아차릴 수 있었다.

그 뒷모습을 바라보며 지후는 생각했다. 자신을 좋아하는 이고은을 이해할 수 없다. 세상에 멋지고 괜찮은 사람이 얼마나 많은데 자기 따위를 좋아하는가. 그것도 이고은처럼 빛이 나고 반짝이는 사람이. 이고은의 마음을 받아 줄 수도 없다. 남자든 여자든 사람에게 관심이 없는 자신에게 이고은은 상처만 받을 것이다.

그렇지만…… 이고은과 친구가 될 수는 있지 않을까? 일주일에 한 번 만나 일본어를 배우고, 이렇게 가끔 이고은의 친구들 사이에 꼽사리를 끼면 안 될까? 그들이 어떤 이야기를 나누는지 가만히 듣기만 해도 된다면 말이다.

"우와!"

"꺄아!"

해변에서 엄청난 함성이 들려왔다. 지후와 하은의 시선이 딱 마주쳤다.

"누가 운석을 만졌나 본데?"

지후가 말했다.

"대박! 가 보자."

둘은 동시에 일어나 해변으로 달려갔다. 사람들이 모여 있는 곳으로 달려가면서 지후는 깨달았다. 이렇게 뛰는 것이 얼마 만의 일인지 감이 잡히지 않는다는 것을. 사람들의 함성 때문인지, 갑자기 달려서인지 심장이 쿵쾅거렸는데 이런 두근거림은 책을 읽을 때 느껴지던 흥분과는 완전히 다르다는 것을.

그리고 지후는 알아차릴 수 있었다. 이고은이 자신 때문에 이런 설렘과 흥분을 한 번이라도 느꼈다면 그건 굉장한 일이라는 것을. 사람이 사람을 좋아하는 일은 기적 같은 일이라는 것을.

어마어마하게 긴 기다림

태초의 우주는 원자보다 작았다. 그러다가 빵! 빅뱅이 일어났다. 이후 38만 년쯤 지나서야 수소, 헬륨 같은 물질이 생겼고 그때부터 빛도 퍼져 나가기 시작했다고 한다. 모든 것은 그렇게 연결되어 있다. 지금 유림의 눈앞에 있는 이 돌멩이도 그러하다. 유림은 제 몸을 이루고 있는 원소와 별의 조각을 이루고 있는 원소가 다르지 않다는 사실을 안다. 그러니 사랑하는 사람을 어루만지듯 이 운석을 만지고 싶다. 유림은 바닥에 두 무릎을 꿇었다. 아주 소중한 존재를 바라보듯 운석을 내려다보았다. 그리고 악수를 청하듯 손을 천천히 내밀었다.

안녕? 내 이름은 고유림이야. 만나서 반가워.

유림의 손끝이 운석에 살짝 닿았다. 뜨겁지 않았다. 차갑지도 않았다. 약간 따스했다. 확신이 생긴 유림은 운석에 두 손을 갖다 댔다. 그러고는 운석의 양 끝을 쥐고 천천히 들어 올렸다.

“대박!”

“들었어.”

“우와!”

사람들이 술렁거렸다. 이어 엄청난 함성과 감탄이 흘러나왔다. 어떤 사람은 감탄 끝에 욕을 내뱉었다. 어떤 사람은 주기도문을 외웠다. 운석의 온기가 유림의 손을 타고 심장까지 전해졌다. 피부에 소름이 돋았고 미세한 떨림이 머리끝에서 발끝까지 내려갔다. 유림은 운석을 든 채 천천히 일어났다. 바로 앞에 서 있는 고은을 마주 보았다. 고은은 그 어느 때보다도 반짝이는 눈빛으로 자신을 바라보고 있었다. 신이 나 죽겠는지 바닥을 딛고 콩콩 뛰어오르기까지 했다. 네가 해낼 줄 알았어. 난 알았다니까. 그런 눈빛이었다.

불쑥 숨이 막혀 왔다. 마음대로 숨을 내쉬면 운석을 떨어뜨릴 것만 같았다. 유림은 숨을 참은 채 갓난아기처럼 조용히 안겨 있는 운석을 다시 응시했다. 운석의 존재를 처음 안 순간부터 유림은 알고 있었다. 자신이 운석을 만질 수 있으리라는 걸. 그런데도 커다란 감동이 파도처럼 밀려왔다. 설명할 수 없는 감정들이 마음을 가득 채웠다.

나는 1분에 16번 숨 쉬는데
별은 1초에 79개씩 사라진다*

그 순간 국어 시간에 배운 시가 떠올랐다. '별'이라는 단어가 나와 유림이 일기장에 필사까지 해 둔 시였다. 시에는 같은 문장이 여러 번 반복됐는데, 바로 '별은 1초에 79개씩 사라진다'는 문장이었다. 그 시를 읽으며 유림은 생각했다. 나는 1초에 두 번의 숨도 쉬지 못하는데 그사이에 별은 그렇게 많이 사라진다니. 외로움이 밀려들었고 마음이 아팠다. 아스라이 사라지는 별처럼 고은과의 우정도, 함께 나눈 추억도, 오늘의 이 특별한 경험도 속절없이 사라져 버리는 게 아닐까? 그렇다면 무엇에 기대며 살아가야 할까?

"여기요!"

"이쪽이요."

사람들이 유림과 운석을 사진 찍기 시작했다. 여기저기서 사진 찍는 소리가 찰칵찰칵 들리고 사람들이 소란스럽게 몰려들자 정신이 아찔했다. 유림은 다시 무릎을 꿇으며 운석을 땅에 내려놓았다. 그제야 참았던 숨을 몰아쉬었다. 고은이 달려왔다. 고은이 두 팔로 유림을 꽉 안았다. 유림은 가쁘게 숨을

* 천양희, 「별이 사라진다」, 『나는 가끔 우두커니가 된다』, 2011, 창비, 부분 인용.

쉬며 고은에게 안겼다.

그때도 별은 있어 줄 것이다. 지금 이 순간에도 별은 사라지고 있지만 동시에 새로 태어나니까. 우주는 한없이 드넓고 끝이 없으니까. 고은과의 우정이 아스라이 사라진다고 해도 괜찮다. 고은이 옆에 있는 동안 유림은 충분히 즐겁고 행복했다. 어떤 상황에서도 웃을 줄 알고 누구에게나 손을 내밀고 어떤 사람이든 만나면 장점부터 찾아내는 고은의 존재가 자신에게는 별이었고 빛이었고 우주였다. 이런 친구를 곁에 둘 수 있는 영광을 한 번이라도 누렸다는 사실에 감사할 뿐이었다.

"안 뜨거웠어?"

포옹을 푼 고은이 물었다.

"응. 그냥 따뜻했어."

고은은 아까까지 운석을 들고 있던 유림의 손을 만졌다. 운석의 온기를 그렇게라도 느끼고 싶다는 듯이.

주변은 다시 소란스러워졌다. 유림이 들어 올린 운석은 이제 유림의 것이었다. 이 운석을 만지려고 대기 중이었던 사람들이 우르르 옆에 있는 다른 운석으로 몰려갔다. 진행 요원이 나섰다. 대기했던 사람들을 다섯 그룹으로 나누고 다른 운석이 있는 곳의 번호표로 바꿔 주었다. 고은의 번호는 옆옆 무리였다. 유림과 고은은 눈짓을 주고받았다. 유림이 허리를 굽혀 운석을 다시 들었다. 가방에 운석을 집어넣으려는데 어떤 사람이 유림에게 말을 걸었다.

"중학생인가요? 아님 고등학생?"

"중학생이요."

가방에 운석을 고이 모셔 넣고 유림이 대답했다.

"저희는 기자인데요. 잠깐 인터뷰 좀 해 주실래요?"

마이크 장비와 카메라를 든 사람들이 우르르 유림에게 몰려들었다. 유림은 고은을 잠깐 바라보고는 차분히 대답했다.

"곧 친구 차례라서. 그거 끝나고 해 드릴게요."

"꼭 부탁 드릴게요."

유림은 고개를 크게 끄덕인 뒤 고은과 함께 옆옆 무리로 이동했다. 이미 대기 중인 사람들 사이에 끼어든 거라 고은의 차례는 쉽게 오지 않았다. 하지만 고은은 전혀 지루해 보이지 않았다. 유림도 마찬가지였다.

사람들은 모두 운석을 보고 싶어 했고 만지고 싶어 했다. 외계 세계의 신비를 담고 있는 이 운석이 사랑을 이루어 줄 거라 굳게 믿었다. 꼭 그런 믿음이 아니더라도 운석은 예전부터 연구 가치가 높았다. 지구에 없는 것이 운석에 있을 확률이 높았기 때문이다.

아무도 만질 수 없을 정도로 뜨겁고 어떤 것으로도 들어 올릴 수 없을 만큼 무거운 운석이 나타나자 사람들의 관심은 하나로 쏠렸다. 누가 그걸 들 수 있을까. 그걸 든 사람은 돈을 얼마나 벌까. 거기에는 운석에 대한 호기심도, 존중도, 사랑도 없었다. 그 열렬한 맹목성이 유림은 가끔 무서웠다.

옛 천문학자들은 지독한 감기를 달고 살았다. 별을 보려면 밤에 하늘을 올려다봐야 하니, 아무리 두툼한 옷을 껴입어도 감기에 걸리는 것을 막을 수는 없었다. 그 유명한 허셜도 독감에 걸려 죽을 뻔했다고 한다. 그토록 별을 사랑한 사람들이 있었기에 지금 인류는 우주에 대해 조금쯤은 안다. 그렇지만 여전히 우주와 별은 비밀투성이다. 빛이 탄생한 것은 138억 년 전의 일이지만 인류는 불과 150년 전에 빛이 무엇인지 알게 되었으니까. 인류도, 우주도 진실을 이해하기까지 어마어마하게 긴 시간을 기다려 온 것이다.

유림은 생각했다. 어쩌면, 우주가 자신을 이해할 수 있는 과학자들의 존재를 오래도록 기다려 온 것처럼 자신 또한 아주 오래전부터 이 운석을 기다려 왔는지도 모른다. 아니, 어쩌면 이 우주의 일부가 자신의 존재를 오래도록 기다려 온 걸지도 모르고. 기다리고 기다리고 또 기다린다. 얼마든지 행복하게 기다려 준다. 그것이 사랑의 다른 이름일지도 모른다.

오래간다고 아름다운 건 아니야

지글지글 끓고 있는 운석을 맨손으로 만지겠다는 유림을 보며 한솔은 깨달았다. 아, 나는 운석을 만질 수 없겠구나.

휴게소에서의 일이다. 맥반석 위에서 몸을 돌돌 말며 구워지고 있는 오징어를 구경하는 고은에게 다가간 한솔이 불쑥 물었다.

"이고은, 너 자신 있어?"

"뭐가?"

"운석 만질 자신."

"당연."

"웬 자신감? 무슨 근거로?"

"야, 나 진짜 개 좋아한다니까."

어린아이처럼 칭얼거리는 고은을 보는데 느낌이 확 왔다. 아, 어쩌면 얘도 운석 못 만지겠구나. 사랑의 화신 이고은도 못 만질 것 같은 운석을 내가? '감히'라는 단어가 떠올랐다. 그래, 감히.

한솔은 늘 도망 다니기 바빴다. 어떤 일이든 방어 막을 치고 또 쳐야만 안도했다. 번거롭고 수고로운 일이었지만 괜찮았다. 자존심을 다치지 않을 수만 있다면 뭐든 감당할 수 있었다. 비겁하다고 욕을 먹어도 싸다고 생각했다. 그렇게 오래도록 자신의 마음을 랩으로 꽁꽁 싸맨 채 살아왔다. 자연히 좋아하는 것도 별로 없었다. 그 무엇도 진심으로 좋아한 적이 없었다.

그렇지만 지금 한솔은 서연을 좋아한다. 그것도 많이. 한솔은 번호표를 내려다보다가 번뜩 정신을 차렸다. 지금 중요한 것은 이게 아니다.

"난 빠질게."

투닥거리고 있는 고은과 유림에게 포기 선언을 한 다음 한솔은 무리를 빠져나왔다. 서연을 다시 한 번 보고 싶었다. 그런데 어디로 가야 서연을 만날 수 있는지 알 수 없었다. 한솔은 무작정 이 무리와 저 무리 사이를 헤맸다. 서연을 닮은 사람이 보이면 잽싸게 달려갔다.

숨이 턱까지 차도록 한솔은 달렸다. 얼굴에 땀이 맺히기 시작했다. 그러다 문득 한솔은 깨달았다. 해안가에서 러닝하기. 국어 시간에 갭이어 버킷리스트 1번으로 쓴 내용이었다. 당연히 먼 미래에나 가능한 일일 거라고 생각했는데 지금 한솔은 해안가에서 러닝을 하고 있다. 어른들이 인생 참 알 수 없다고 하는 말이 이런 경우를 가리키는 건가 싶었다.

알 수 없는 인생. 한솔은 친구 태윤을 생각했다. 빵을 입에 달고 살아서 이 녀석은 진짜 빵을 좋아하는구나, 그렇게만 생각했다. 빵을 먹으면 몸에 이상이 생기는 걸 각오하면서까지 빵을 먹는 줄은 꿈에도 몰랐다.

호랑이도 제 말 하면 온다더니 무리 바깥에서 빵을 먹고 있는 태윤이 눈에 들어왔다. 휴게소에서 빵을 한 아름 사서 소중한 보물을 숨기듯 가방에 차곡차곡 넣더니, 아직도 넉넉히 남아 있는 모양이었다. 태윤이 있는 쪽으로 한솔은 걸어갔다. 오늘만큼은 녀석의 빵 사랑을 말리고 싶다는 생각이 강하게 들었다.

"그만 좀 먹지."

태윤은 한솔을 흘긋 보더니 배시시 웃었다.

"개맛있어."

"또 화장실 들락거리게?"

태윤은 빵이 담겨 있는 가방을 아이처럼 두 팔로 안은 채 대꾸했다.

"난 괜찮아. 얼마나 고생을 하든 나는 계속 빵을 먹고 사랑할 거야. 사랑하는 사람들이 빵을 먹는 모습이라도 볼 거야."

난 이렇게 살다 죽을 테니 내버려 둬라, 뭐 이건가? 말이 나온 김에 한솔은 태윤에게 한마디 더 보태기로 마음먹었다. 친구로서 꼭 해야 하는 말이었다.

"그럼 빵은 계속 먹고, 다른 건 하지 마."

"다른 거?"

"이고은. 걔 좋아하지 말라고."

"벌써 눈치챔? 와, 쩐다. 너 요새 달라졌어."

"됐고. 하여튼 내 말 들어. 지금 딱 접어."

"왜?"

"좋은 앤데, 걔는 뭐든 오래 좋아하지를 않아. 너만 상처받을 거야."

태윤은 가방에서 새로운 빵 봉지를 꺼내 뜯으며 천천히 말했다.

"오래간다고 아름다운 건 아니야."

이건 또 무슨 개소리인가 싶어 한솔은 두 눈을 더디게 끔벅였다.

"뭐냐, 그 느끼한 말은?"

"멋지지 않아? 〈어벤져스 2〉에 나오는 대사야."

한솔은 관자놀이를 타고 흐르는 땀을 손등으로 쓱 닦아 냈다. 달렸더니 더웠고 갈증이 났다. 해변으로 내리꽂히는 햇별이 굉장히 거슬렸다.

"됐고. 내 말 들어. 걔 좋아하면 너만 상처받는다니까!"

태윤에게 짜증을 낼 생각은 아니었는데 짜증이 툭 튀어나왔다. 코빼기도 보이지 않는 서연을 찾아다니는 자신의 신세가 처량하고 한심하게 느껴졌다.

"그게 뭐 어때서?"

태윤은 빵을 크게 한 입 베어 물었다.

"상처받는 게 뭐 어때? 어차피 안 받고 사는 사람도 없던데."

마지막 말이 한솔의 머리를 띵, 하고 때렸다. 그런가? 어차피 태어난 이상 상처를 받을 수밖에 없는 건가? 그렇다면 도망다니느라 용쓰지 말고 그냥 과감히 상처받는 게 멋진 걸까?

"어? 저기 박서연이다."

한솔은 태윤이 손가락으로 가리킨 곳을 바라보았다. 그곳에 서연이 있었다. 운석을 다 봤는지 친구들과 함께 해변을 걸으며 까르르 웃고 있었다. 한솔은 귀신에 홀린 사람처럼 서연이 있는 곳으로 걸어갔다.

햇살은 따가웠고 땀에 젖어 착 들러붙은 티셔츠가 거슬렸고 발이 푹푹 빠지는 모래사장을 달렸더니 종아리가 당겼고 목이 무척 말랐다. 그 모든 악조건에도 한솔은 부지런히 나아갔다. 걸음은 점점 빨라지다 못해 나중엔 뜀박질이 되었다.

"박서연!"

서연의 무리와 어느 정도 가까워졌을 때 한솔이 크게 외쳤다. 서연이 뒤를 돌아봤고 한솔을 발견했는지 환하게 미소 지었다. 친구들에게 뭐라고 말한 서연이 한솔이 있는 곳으로 걸어왔다.

"한솔."

서연은 꼭 그렇게 불렀다. 한솔아, 혹은 김한솔, 이라고 하지 않았다. 짧고 간결하게 한솔. 가까운 사이에서 애칭을 부르듯 부드러운 목소리로 한솔. 아주 친하지도 않지만 그렇다고 먼 사이도 아니라는 듯 가볍게 한솔.

"집에 가려고?"

한솔이 먼저 물었다.

"응. 운석도 봤고, 나 빼고 다들 시도도 했는데 뜨거워서 못 만졌어."

말을 마친 뒤 서연은 콧잔등을 찡그리며 미소 지었다. 귀여웠다. 사람이 낼 수 있는 귀여움의 한도치를 초과해 버린 그 미소에 한솔은 정신이 아찔해졌다. 땀방울이 턱 밑으로 흘러내렸다. 정신을 차려야만 했다. 한솔은 땀방울을 훔친 뒤 주먹을 세게 쥐었다. 손톱이 손바닥을 파고들 때까지.

"박서연."

"응."

"내가 여기 온 건 너 때문이야."

서연의 얼굴에서 미소가 천천히 사라졌다. 대신 서연의 눈이 휘둥그레졌다.

"만우절 고백, 장난 아니었어."

서연이 놀랐는지 입을 벌렸고 그걸 감추려는 듯 손으로 입을 가렸다. 한솔은 서연의 눈빛을 읽어 내려고 애썼지만 실패했다. 여러 감정이 뒤섞인 듯한 그 눈빛을 읽어 내지 못하는 스스로의 무능력에 화가 났다.

"너 좋아하는 애 있는 거 알아. 부담 주는 건 아닌지 고민했는데, 그냥 말하고 싶었어. 내가 좋아하는 사람이 누구인지 알려 주고 싶었어."

서연은 커다란 눈망울로 한솔을 물끄러미 바라보다가 고개를 천천히 끄덕였다. 한솔은 손으로 부채질을 하며 씩 웃었다. 최대한 자연스럽게, 멋지게 웃고 싶었는데 서연이 보기에 어땠는지 알 수 없었다.

"그럼 영어 학원에서 보자. 조심해서 가."

그 말을 마지막으로 남기고 한솔은 뒤돌았다. 서연은 자신의 뒷모습을 조금 보다가 금방 친구들이 기다리고 있는 곳으로 돌아갈 것이다. 바닥을 보며 걷다가 한솔은 고개를 들었다. 태윤이 손을 흔들고 있는 모습이 보였다.

태윤과 사람들 사이로 바다가 보였다. 사람들이 운석 때문에 모여들든 말든 짙푸른 바다는 규칙적인 속도로 일렁였다.

한솔은 가슴을 쭉 펴며 바다를 넘겨다보았다. 후련했다. 오래 묵은 체증이 가신 듯했다. 앞으로 서연을 만날 때마다 어떤 감정을 느낄지, 영어 학원에서 서연이 좋아하는 녀석을 만나면 자신이 어떤 행동을 할지, 과연 학원을 오래 다닐 수 있을지 아무것도 알 수 없었지만 상관없었다. 지금 바로 눈앞에 은빛으로 빛나는 새파란 바다가 있으니까. 오늘은 대단히 큰일을 해냈으니까. 상쾌하게 불어오는 바닷바람이 땀을 말려 주고 있으니까.

빠짐없이 모두, 사랑의 여정

봄이는 바다를 향해 걸어갔다. 바다를, 파도를, 수평선을 보고 싶었다. 한 걸음 한 걸음 내디딜 때마다 준기 생각이 더 선명해졌다. 무엇이든 잘 먹던 먹성, 마디마디가 굵은 손가락, 그리고 한쪽만 접히는 보조개. 그 보조개가 얼마나 사랑스럽고 아름다운지 아직 이야기해 주지 못했는데. 그 안에 어떤 비밀이 겹겹이 숨겨져 있는 것 같아 볼 때마다 마음이 간질간질했다는 말도 못 했는데.

—가해 학생들은 피해 학생을 집요하게 괴롭혔다. 복도에서 한 학생이 피해 학생의 다리를 걸어 이가 부러지는 일도 있었다.

—정신의학과 전문의는 피해 학생이 불안 장애와 우울증, 그리고 트라우마에 시달리고 있다고 인터뷰에서 밝혔다.

경림이 보내 준 기사의 문장들이 자꾸 눈에 밟혔다. 봄이는 파도 소리를 들으며 하늘처럼 새파랗게 물든 바다를 내려다보았다. 몇 달 동안을 만나고 좋아했는데, 준기가 어떤 사람인지 도무지 알 수 없었다. 그동안 자신이 안다고 착각했던 준기의 모습은 그가 보여 주고 싶어 한 가면에 불과했던 걸까. 그렇다면 가면 속 준기의 진짜 얼굴은 어떤 걸까. 생각을 탁 내려놓고 물멍을 때리고 싶은데 봄이의 머릿속은 끈질기게 이어지는 생각들로 가득했다.

봄이는 운석 주위에 몰려 있는 사람들을 힐끗 바라보다가 뭔가에 홀린 사람처럼 그쪽으로 발길을 돌렸다. 마음이 무너진다. 아귀가 맞지 않는 서랍처럼 덜컥거리는 소리를 내며 마음이 으스러지는 느낌은 처음이다. 앞으로 사람을 믿지 못할까 봐 겁이 난다. 모래사장에 발이 푹푹 빠진다. 봄이는 술에 취한 사람처럼 휘청거리며 걸었다. 금방이라도 쓰러질 듯 위태로운 걸음걸이로, 하지만 결코 쓰러지지 않겠다는 듯 입술을 야무지게 다물고서.

"대박!"

와, 하는 소리와 함께 커다란 탄성이 들렸다. 봄이는 함성이 쏟아지는 곳으로 천천히 나아갔다. 누군가가 운석을 만진 모양이었다.

경림이 종종 그런 말을 했다. 마음의 상처가 깊으면 몸이 망가질 수 있다고. 마음의 상처 때문에 쓰러지는 사람이 생각보다 많다고. 엄마가 정신의학과 의사여서인지 경림은 그런 말을 아무렇지 않게 했고 의사가 되고 싶어 했다. 그런데 성적이 따라 주지 않아 괴로워했다.

봄이는 혼잣말을 중얼거렸다. 그만 생각하고 싶다. 멍을 때리고 싶다. 잠시도 머릿속을 비우지 못하는 스스로가 원망스럽다. 기사와 사진을 보내 준 경림이 밉다. 아이처럼 울고 싶다. 아니, 결코 울고 싶지 않다. 자기 마음과 다르게 탄성을 내지르며 술렁이는 사람들이 꼴도 보기 싫다. 그렇지만 또 한없이 외롭다. 누구라도 손을 잡아 주면 좋겠다. 마음의 상처를 치유해 주는 건 약과 시간이라는 경림의 말이 맞긴 할까. 이 상실감도 시간과 함께 조금씩 사그라들긴 할까.

갑자기 고은이 보고 싶었다. 발길이 닿는 대로 걸으면 고은을 만날 수 있으려나. 봄이는 잠시 멈춰 서서 눈을 감고 숨을 깊이 들이마셨다. 이 소란스러운 소음 속에서 마음의 소리를 듣는 일은 불가능에 가까웠다. 다시 눈을 뜬 봄이는 느낌이 이끄는 대로 가 보기로 마음먹었다.

함성이 시작된 곳의 중심에 고은과 고은의 친구가 있었다.

고은의 친구가 운석을 만지는 데 성공했는지 기자들이 벌 떼처럼 몰려들었다. 고은의 친구는 운석을 가방에 넣은 뒤 고은과 함께 다른 운석이 있는 곳으로 이동했다.

봄이는 약간 떨어진 곳에서 고은과 고은의 친구를 따라갔다. 고은은 행복해 보였다. 자신의 친구가 운석을 만졌다는 사실에 흥분했는지 오늘따라 뺨이 더 발그레했다. 봄이는 그런 고은의 얼굴을 물끄러미 건너다보았다. 늘 이랬다. 고은은 웃었고 봄이는 울었다. 고은은 반짝였고 봄이는 시무룩했다. 준기와 함께니까 오늘만큼은 다를 거라고 믿었는데 여지없이 어긋났다.

눈치 빠른 고은은 봄이가 자신에게 호의적이지 않다는 사실을 어렸을 때부터 잘 알았다. 그래서 고은은 봄이를 '언니'라고 부르지 않았다. 꼭 필요한 말만 했다. 엄마가 곁에 있으면 엄마한테 말을 하는 척 넌지시 봄이에게 할 말을 전했다.

"93번!"

고은이 움직였다. 고은과 고은의 친구는 잠시 뜨거운 눈빛을 주고받았다. 운석을 만지고 들어 올리는 일이 뭐라고 저렇게까지 열의를 다하는 건지 봄이는 의아했지만 고은과 친구가 눈빛을 주고받으며 맞잡은 손을 위아래로 흔드는 모습은 귀여웠다. 고은도, 고은의 친구도 몸집이 작고 앙증맞았다.

고은은 무장을 끝마친 상태였다. 어디서 저런 장갑을 샀는지 굉장히 튼튼해 보였다. 고은은 운석 앞에 무릎을 꿇었다. 날

숨을 휴휴, 내쉬더니 천천히 운석에 손을 갖다 댔다.

"앗, 뜨거!"

고은은 화들짝 놀라 손을 뗐다. 바닥에 엉덩이를 깔고 주저앉았다. 당황한 얼굴로 눈을 껌뻑거리던 고은은 자신을 내려다보고 있는 친구와 눈을 맞추었다. 그러더니 갑자기 특수 장갑에 얼굴을 묻고 아이처럼 엉엉 울기 시작했다. 고은의 친구가 잽싸게 달려가 고은을 안아 주었다. 그런데도 고은은 더 꺼이꺼이 울어 댔다. 눈물을 멈출 생각이 전혀 없어 보였다.

"잠시만요."

봄이는 사람들 틈을 헤집고 들어갔다. 울고 있는 고은에게 다가가고 싶었다. 처음 몇 초 동안은 아이처럼 우는 고은을 이해한다는 듯이 가만히 기다려 주던 사람들이 조금씩 술렁였다. "그만 울고 비키지."나 "아, 다음이 내 차례인데!"라는 말이 터져 나왔다. 그러거나 말거나 봄이는 고은만 바라보았다.

"이고은."

고은 옆에 다다라서 봄이는 크게 고은의 이름을 불렀다. 고은이 천천히 고개를 들었다. 눈물과 콧물로 범벅이 된 고은의 얼굴이 보였다. 그 순간 봄이는 마음이 쿵 내려앉는 소리를 들었다. 지금껏 참아 왔던 눈물이 금방이라도 쏟아질 것처럼 눈가가 뜨거워졌다. 봄이는 입술 안쪽을 이로 짓이기며 눈물을 참으려고 애썼다. 아이처럼 울고 있는 고은 앞에서 자신마저 울어 버리면 상황이 걷잡을 수 없어질 것 같았다. 대신 봄이는 고은의 친구처럼 무릎을 꿇었다. 그리고 두 팔로 고은을 포옹했다.

"괜찮아."

봄이는 손바닥으로 고은의 등을 천천히 토닥였다. 고은이 울음을 멈추기를 바랐던 건데 고은은 더 서럽게 울기 시작했다. 오래도록 참아 온 언니에 대한 서운함을 한꺼번에 터뜨리는 듯했다.

"괜찮아."

봄이는 같은 말을 반복했다. 그리고 깨달았다. 그 말은 고은이 아니라 스스로에게 던지는 말이라는 것을. 고은이 미웠던 게 아니라 이미 충분히 많은 사랑을 받고 있는 고은에게 관심이 생기지 않았다는 것을. 어리석지만 아직도 준기를 좋아하고 있다는 것을. 이곳까지 혼자 온 것도, 이렇게 홀로 바다 앞에 서서 모래를 밟는 순간까지 모두 사랑이라는 것을. 준기와 헤어지기로 마음먹은 것도, 그렇게 마음먹은 순간 마음이 피를 흘리는 것도, 휘청거리는 걸음걸이로 이별의 고통을 참아내는 것까지 빠짐없이 모두, 사랑의 여정이라는 것을. 사랑은 그런 것이라는 것을.

스스로 빛이 나는 사람

어디에서 이렇게 많은 눈물이 흘러나오는지 고은도 알 수 없었다. 그만 울고 싶은데 눈물샘이 말을 듣지 않았다. 진심으로 정지후를 좋아한다고 생각했는데 아니었나 보다. 그렇다면 진심도 아니면서 그렇게 정지후를 괴롭혔단 말인가? 쪽팔리다. 그리고 서럽다. 그 많은 것을 찬란히 사랑한 자신의 마음을 운석이 몰라줘서.

"이고은."

누가 자신을 불렀다. 고은은 소리가 들리는 곳을 찾아 올려다봤다. 언니였다. 언니가 무릎을 꿇더니 자신을 안아 줬다. 향긋하고 따뜻한 냄새가 훅 밀려들었다. 언니가 자신을 안아 주면서 계속 괜찮다고 말해 준다. 무엇이 괜찮다는 건지 알 수 없어서 눈물이 더 난다. 어쩐지 지금 이 순간 언니를 "언니."라고 부르지 않으면 평생 그러지 못할 것 같다는 느낌이 든다. 그래서 고은은 눈물 콧물 흘리느라 정신없는 와중에 언니의 팔을 붙들며 내뱉는다.

"으앙, 언니."

그러자 신기하게도 차츰 눈물이 잦아든다. 흐엉흐엉, 이상한 소리를 내며 손등으로 눈물을 닦아 낸다. 세 살 아이처럼 바닥에 퍼더버리고 앉아 울고 있는 자신을 바라보는 사람들이 조금씩 눈에 들어온다.

정신을 차리자마자 고은의 생각은 하나로 모인다. 정지후를 놓아줘야 한다. 지후를 좋아하는 마음을 접어야 한다. 자신을 거절하는 지후의 의사를 존중해 줘야 한다. 지후를 정말 무지막지하게 좋아한 줄 알았는데 운석은 너무 뜨거웠다. 손을 댈 수조차 없었다. 그렇다면 나는 그 무엇도 온 마음을 다해 사랑한 적이 없는 건지도. 한 번도 나보다 상대를 사랑한 적이 없는 건지도. 어떤 순간에든 상대보다 나를 더 사랑하고 사랑에 빠진 나에 더 몰두했던 건지도 모르겠다.

"괜찮아."

언니의 품 안에서 고은이 안정을 되찾으니 이번에는 언니의 감정이 고조된다. 고은이 "언니."라고 불러서일까. 언니의 눈에

서 눈물이 주룩주룩 흘러내린다. 고은은 뺨을 적신 눈물을 손등으로 쓱 닦으며 슬프게 울고 있는 언니를 바라본다. 어떻게 해야 언니가 울음을 멈출 수 있는 건지 모르겠다. 그 순간 언니의 뺨을 타고 흘러내리던 눈물 한 방울이 운석에 떨어진다. 고은이 만지는 데 실패한 운석이다.

"으악!"

"와, 저게 뭐야?"

언니의 눈물이 닿은 운석에서 엄청나게 강렬한 빛이 뿜어져 나온다. 너무도 강렬해서 눈이 마비될 것만 같다. 사람들은 잽싸게 손바닥이나 팔로 눈을 가린다. 고은도 눈살을 찌푸린다. 눈이 아릴 정도로 빛이 밝다. 정작 언니만이 그 빛을 보지 못한다.

"언니 눈물이……."

고은이 언니에게 손을 내밀어 언니를 달래 보지만 한번 터진 언니의 눈물은 마를 기미가 보이지 않는다. 더 굵은 눈물줄기가 뺨을 적신다. 눈물이 방울져 턱 밑으로 뚝뚝 떨어진다. 언니의 눈물방울이 한 번 더 운석을 적신다. 그러자 운석은 아까보다 더 환한 빛을 내뿜는다. 선명하고 강렬한 빛 한 줄기가 하늘로 솟구친다. 우주의 어떤 행성까지 닿으려는 걸까. 이 빛으로 어떤 메시지를 전달하고 있는 걸까. 이 현상을 유림은 어떻게 논리적으로 설명하려나.

"고은아!"

유림이 외쳤다. 그제야 고은은 사람들이 빛이 나는 운석과 언니를 찍기 위해 핸드폰을 들이밀고 있다는 사실을 알아차렸다. 그러거나 말거나 언니는 눈을 질끈 감고 눈물을 흘리기 바빴다. 유림이 먼저 일어나 두 팔을 벌렸다. 울고 있는 언니가 찍히지 않도록 언니의 얼굴을 몸으로 가렸다. 고은도 유림이처럼 팔을 벌렸다. 유림은 일어서서, 고은은 무릎을 꿇은 채로 언니를 감쌌다. 그때 어디선가 나타난 지후가 고은 옆에 무릎을 꿇고 자기 가방을 높이 들어 올려 언니를 가렸다. 이어 하은이 달려왔다. 하은은 유림 옆에 서서 두 팔을 벌렸다. 마지막으로 한솔이 달려와 하은 옆에 섰다.

고은은 언니의 눈물이 닿은 운석이 왜 저토록 찬란한 빛을 내는지 알 수 없었고 알고 싶지도 않았다. 다만 고은은 언니가 참아 온 눈물을 마음껏 터뜨리기를 바랐다. 이토록 많은 사람에게 둘러싸여 있지만 언니가 우는 순간만큼은 온전히 자신에게 집중하기를 바랐다.

남은 콧물을 흡, 들이마시는데 갑자기 딸꾹질이 터져 나왔다. 오 마이 갓. 이 상황에 어울리지 않게 웬 딸꾹질? 언니한테 들릴까 봐 손으로 입을 꽉 틀어막았지만 소용없었다. 바로 옆에서 고은의 딸꾹질 소리를 들었는지 지후가 쿡쿡 웃었다. 그런 지후 때문에 고은은 또 살짝 설렜다. 고은은 딸꾹질을 참느라, 지후는 웃음을 참느라 바빴다.

지후를 조금은 더 좋아해도 되지 않을까. 운석에 따르면 사랑이 좀 부족했다고 쳐도 지후를 좋아한 고은의 마음은 가짜가 아니었다.

커피를 좋아하는 엄마와 카페에 놀러 갔을 때 엄마가 그랬다. 대학교 때 미팅만 나가면 애프터 신청을 받았다고. 얼마나 많은 남자한테 대시를 받았는지 모른다고. 남자들이 자신을 가만히 내버려 두지를 않았다고. 자부심에 젖어 고개를 꼿꼿이 드는 엄마한테 고은이 말했다.

"그럼 뭐 해? 아빠 같은 사람이랑 결혼해 놓고."

"그러게 말이다. 내가 미쳤지."

"아빠는 자꾸 엄마가 프로포즈 했다는데 그거 구라지? 프로포즈는 아빠가 한 게 맞지?"

"모르겠다. 하도 오래전이라."

"헐, 완전 실망. 아빠 같은 사람한테 프로포즈를 하다니."

고은은 고개를 절레절레 흔들다가 아이스티를 홀짝였다. 그런 고은을 지그시 바라보던 엄마가 몽롱한 목소리로 말했다.

"근데 고은아. 진짜 승자는 사랑을 받는 사람이 아니더라. 사랑을 하는 사람이 위너야."

과연 그럴까? 무엇이든 좋다. 진심으로 사랑해 보고 싶다. 그래서 신묘한 빛이 나는 운석을 차지하는 사람이 아니라 스스로 빛이 나는 사람이 되면 어떨까. 지금은 이 운석에서 빛이

나지만 다음에는 다른 운석에서 빛이 솟구칠 것이다. 그런 것처럼 유림이 빛나는 시간, 하은이 빛나는 시간, 한솔이 빛나는 시간도 제각각 다를 것이다. 무엇을 할 때, 어떻게 빛이 나는지도 다를 것이고.

고은은 여전히 서럽게 울고 있는 언니에게 다가갔다. 양손으로 언니의 얼굴을 감쌌다. 언니의 눈물이 티셔츠를 적셔 왔다. 언니가 무엇 때문에 이토록 오래 울고 있는지 고은은 알 수 없었다. 언니가 오래도록 외로웠던 건 아닌지 걱정되기도 하고 괴롭기도 했다. 어쨌든 고은은 굳게 마음먹고 언니를 더 꽉 안아 주었다. 그런 뒤 언니의 귓가에 대고 작은 목소리로 속삭였다.

"언니, 나 여기 있어."

에필로그

지금 이 순간에도 소행성은 지구로 떨어진다. 매일 지구에 진입하는 유성의 양은 100톤에 가깝다는 설이 있을 정도다. 대부분은 대기권에 돌입하는 도중에 소멸되고 대기권을 뚫고 들어와도 바다에 떨어져 자취를 감추는 경우가 대다수다.

운석에 관련된 새로운 소식들은 빠르게 퍼져 나갔다. 운석을 들어 올린 두 번째 학생의 꿈이 천문학자라는 사실, 운석의 오염을 막기 위해 라텍스 장갑만 끼고 운석을 만진 사실이 알려지면서 화제의 중심이 되었다. 우주를 사랑하는 마음이 있어야 운석을 만질 수 있다는 소문이 빠른 속도로 확산되면서 우주를 공부하는 모임에 참석하거나 우주를 이야기하는 오픈 채팅방에 사람이 몰려들고 있단다.

더 놀라운 소식은 뜨겁고 무거운 줄만 알았던 운석에서 강렬한 빛이 솟구쳤다는 사실이다. 빛은 몇 시간 동안 이어지다가 사라졌다. 과학자들은 이 빛의 원인과 목적이 무엇인지 파악하느라 애쓰고 있지만 아직까지 정확한 원인을 찾지 못한 상태다. 빛이 솟구친 이 운석은 부르는 게 값이 되지 않을까. 그 때문인지 양양에 몰려든 인파가 수십 배 증가했다고 한다. 양양 주민들은 물론이고 서퍼들까지도 몰려든 인파에 골머리를 앓고 있다. 양양 군수는 사람들이 특히 많은 주말에는 방문 자제를 요청했지만 당분간 운석 사냥꾼들의 행렬은 계속될 것 같다.

작가의 말

어떤 소설은 단 하나의 문장에서 시작되기도 한다. 이 소설 또한 그랬다. 『새는 날아가면서 뒤돌아보지 않는다』에서 만난 시인 루미의 문장이었다.

상처를 외면하지 말라.
붕대 감긴 곳을 보라.
빛은 상처 난 곳을 통해 네게 들어온다.

그러던 중 『러닝하이』 강연 차 삼척의 청아중학교를 찾았다. 소설에 '버킷리스트'와 '갭이어'가 나왔는데, 선생님께서 이걸 응용해 친구들과 '갭이어 버킷리스트' 활동을 했다. 그 결과물이 다닥다닥 붙은 보드판을 보다가 불쑥 선생님께 물었다. "저, 이 활동지 제가 가지고 가도 될까요?" 선생님은 흔쾌히 허락해 주셨다.

이 활동지 내용을 바탕으로 고은, 유림, 지후 캐릭터를 구상했다. 소설의 핵심 인물이 되어 준 청아중학교 친구들에게 고마움을 전한다. 빵을 좋아하는데 먹을 때마다 탈이 나는 태윤은 윤가은 감독의 책 『호호호』를 참고했다. 우주에 관련된 자료들은 칼 세이건의 『코스모스』와 〈알쓸신잡〉의 도움을 받았다.

좋아하는 것은 힘이 세다. 단편 소설에도 이미 쓴 적이 있는 문장이다. 좋아하는 것이 없는 세계는 얼마나 어두컴컴하고 무료할까. 되돌아보니 좋아하는 것들 덕분에 작가가 되었고 지금의 나, 나다운 나로 살아가고 있다. 좋아하는 것이 있는 사람의 눈에서는 빛이 난다.

'빛은 상처 난 곳을 통해 네게 들어온다.' 이 문장이 오래도록 내 마음을 붙들었다. 우연히 하나의 문장을 만나고 그 문장에 기대 슬픔을 버텨 낸다. 내가 받은 위로가 누군가한테 가닿기를 염원하며 글을 쓴다. 이 일련의 행동을 통해 나는 구원받는다. 동시에 나는 간절히 희망한다. 내가 겪은 고통과 슬픔이 좋은 글쓰기로 이어지기를. 고난으로 담금질한 영혼만이 지어낼 수 있는 문장이 하나라도 있기를. 그리하여 언젠가는 아름다운 글을 써내는 사람이 될 수 있기를.

시련을 만나 1년 동안 소설을 쓰지 못했다. 오랜만이어서 그런지 정말 즐겁게 이 소설을 썼다. 그 에너지를 심사위원분들이 느껴 주신 걸까. 운 좋게 2024년 한국문화예술위원회 아르코문학창작기금을 받게 되었다. 진심으로 감사드린다.

더불어 원고를 꼼꼼히 살펴 준 편집부를 비롯해 이 책이 나오기까지 고생해 주신 모든 분들께 감사의 인사를 전한다. 그리고 소설을 끝까지 읽어 준 독자분들께 두 손 모아 사랑의 인사를 보낸다.

2024년 봄

탁경은